LES ALTRES MARES

LAIA AGUILAR

LES ALTRES MARES

Columna

COL·LECCIÓ CLÀSSICA

PRIMERA EDICIÓ: MARÇ DEL 2022

AV. DIAGONAL, 662-664 - 08034 BARCELONA

ISBN: 978-84-664-2884-2

DIPÒSIT LEGAL: B. 3.442-2022

FOTOCOMPOSICIÓ: MOELMO

IMPRÈS A CATALUNYA - *PRINTED IN CATALONIA*

www.columnaedicions.cat

Certificat PEFC

Aquest llibre procedeix de boscos gestionats de forma sostenible i fonts controlades

PEFC/14-38-00305

www.pefc.es

Als meus fills

Blau pur

No existeix més desig
que el blau, tan pur,
de no haver-te tingut.

ESTEVE PLANTADA, *Troncal*

Emma

Quan les portes s'obren, quan les passes s'acosten, quan els sostres s'esfondren, sento una fiblada al pit. Davant meu, metges i infermeres m'observen amb els ulls buits. «Serà una estona i prou», em diu el doctor March, arrufant la cella esquerra. «Després, un cop te l'hàgim tret, et pujarem a l'habitació perquè puguis descansar una mica. Sé que és difícil, Emma. Però t'asseguro que a moltes, moltes dones, els toca passar per una situació semblant». M'aferro a les barres metàl·liques del llit i faig que no amb el cap una vegada i una altra. Voldria fugir però no puc, voldria escopir però no puc, voldria exclamar-me però no puc. Per què m'està passant a mi, hòstia? El doctor March em mira amb ulls de vidre i, mentre m'acaricia el turmell amb fredor, m'etziba un «Intenta estar tranquil·la, Emma. Et posarem l'epidural i intentarem acabar de seguida. Recorda el que has après a les classes de prepart». Això és com un part normal, però no ho és. (No ho és. No ho és. No ho és.) Aleshores em palpo la panxa ovalada —el malestar, la mecànica hipnòtica, l'habitació en penombra— i li parlo fluixet al meu fill que encara és viu. Viu. Encara que els metges em vulguin fer creure el contrari.

On soc? Me l'han tret? Puc tornar a casa, ja? El doctor March serra les dents i es frega el front amb el guant de làtex. Em fixo en la finestra i intento copsar fragments de blau. Més enllà dels vidres, un terrat, un parell d'antenes i uns núvols baixos juguen a confondre's. Les parets de l'habitació s'estrenyen i les mans del doctor es tornen aspres. M'envolta un silenci greu i ara tothom es fixa en el meu sexe. Una fiblada de serp se'm va escampant pel cos fins a paralitzant-me cames i abdomen. Inspiro. «Et fa mal? Expulsa, Emma, fes força. Endavant, ja surt. Empeny per última vegada. Netegeu-la bé. Ara et cosirem». Violència obstètrica. Observo el meu voltant i contemplo l'escena com si es tractés d'una pel·lícula a càmera lenta. Crispetes i placenta sagnant, ferides i pus, desolació i silenci. «Ja has parit,

Emma», em diu el doctor March amb un somriure gèlid que fa feredat. «Ho has fet molt bé. Tranquil·la, ja està. D'aquí a unes quantes hores, si tot va bé, si no hi ha cap problema, et deixarem marxar tranquil·lament cap a casa».

Sola.

Fa tan sols unes hores, jo era al cotxe, de camí cap a casa, quan he sentit una fiblada a l'estómac. M'he aturat davant d'una plaça —un nen fent volar un estel, un colom picotejant una molla, una parella d'enamorats acariciant-se dolçament els llavis— quan m'he posat les mans al ventre. Alguna cosa no va bé, Emma, m'he dit. I altre cop m'he tocat el ventre; tou, rodó, palpitant. Tot d'una s'ha fet un silenci com si dintre meu no hi hagués cap rastre, cap moviment, cap sensació de vida a la qual poder aferrar-me. Una bola d'angoixa que em naixia al pit s'enfilava veloç fins a arribar-me al coll, i m'escanyava. Aleshores he agafat el mòbil i... «Sento que alguna cosa no va bé. No em trobo bé. I si vaig cap a l'hospital, mare?».

El doctor March m'ha rebut a la consulta i amb les parpelles tremoloses i els llavis prims i tibants m'ha fet una ecografia d'emergència. Jo, tranquil·la, clavant les ungles als braços de la cadira, he intentat fixar la mirada en un punt indefinit de la paret.

Unes paraules àcides ho han canviat tot.

«No hi ha batec».

Silenci.

«No hi ha batec».

«No podem esperar gaire, Emma. Em sap molt greu. La criatura ha mort. Una volta de cordó. Encara que no ho sembli, és un dels casos més habituals d'interrupció de l'embaràs». Les ungles esgarrapant-me el cos i... «T'estimes més un part natural o una cesària? Hauràs de firmar aquests papers. Vols que avisem algú? Vols, vols, vols... vols que telefonem a la teva mare?».

Jo esperava un fill. Tenia plans, com tothom. El nom triat, el color de l'habitació, el bressol de fusta, la robeta, el mòbil de peixos i estrelles. Brindava amb un vas d'aigua i em submergia en un son dolç. El Max i jo. Perquè a partir d'ara seríem sempre dos. El fill i la mare. O bé la mare i el fill. I junts ho venceríem tot, oi, Max? Les nits sense dormir, les primeres farinetes, les festes d'aniversari, els petons, les pessigolles, les bates brutes, els jocs de fer i amagar, el primer constipat, les febrades, les rialles, les malalties, les excursions a la muntanya, els enamoraments, les discussions, les llargues converses.

Unes paraules ho han canviat tot: «No hi ha batec».

Avanço per un passadís ple de revolts perillosos. Voldria parlar però no puc, voldria cridar però no puc, voldria colpejar algú però no puc. Miro al meu voltant i només veig cares amables dignes dels tercers actes de les pel·lícules de Hollywood. M'imagino mares a punt de parir, àvies disposades a veure els seus nets i abraçar-los amb mantetes roses, cotxets de colors, regals embolicats amb cintes, comentaris *sotto voce* a les habitacions d'hospital entre bromes i rialles. Mira que és guapo, eh? S'assembla tant a la mare. O potser és una mica com el pare? Rosset amb ulls blaus? Bessons? El nen i la nena? La parelleta perfecta? Mira que és bonica, eh. I quins ullets. Oh, té la rialla del pare. Prou, Emma, prou, em dic esbotzant-me els pensaments del crani.

—Hauràs de quedar-te encara unes quantes hores a l'hospital —m'explica amatent el doctor March mentre em porten cap a l'habitació.

Sento una coïssor insuportable entre les cames.

—Necessitaràs res? Vols que avisem algú? Ja has trucat a la teva mare?

Nego amb el cap fent voleiar la mirada. Una gota primerenca treu el cap pel lacrimal, però —no puc, no puc— torna a entrar cap dins i es perd en la immensitat de les meves conques. Els peus se'm tornen gèlids i una sensació de pessigolleig m'envaeix lentament tot el cos.

Aleshores em porten a una habitació que percebo excessivament blanca. M'estiren al llit. Sola. Contemplo el meu voltant i una sensació de dolor, de dolor i soledat, s'apodera de mi i del meu estat d'ànim. No hi ha flors a l'habitació com havia imaginat. «Et portaré petúnies», em deia la mare. Tampoc no hi ha infermeres entrant amunt i avall i interrompent en tot moment l'escena. Ni cap nen esclatant en plors profunds i jo col·locant-me'l al pit — tranquil, petitó, tranquil— tal com havia recreat tantes vegades. No, en comptes d'això, hi ha una habitació blanca i silenciosa amb el buit que ha deixat el bressol. I és aleshores quan sento un fil de veu gairebé imperceptible i m'imagino el meu Max somrient, corrent tot nu enmig d'una cala. Allà on vaig notar la primera puntada de peu, Max, el meu estimat Max, allà on vaig saber que per primer cop em saludaves. I des de llavors no he parat de somiar en el moment que tu i jo estaríem junts: dormint abraçats, nedant en un llac de muntanya, un fil de sol regant-nos els ulls, pessigolles i llençols... tu que havies de néixer d'aquí a pocs mesos i omplir la meva vida, Max. Néixer. Viure. Morir. Per què has hagut de marxar tan d'hora?

Jhanet

La Jhanet està asseguda a l'avió procedent de Bolívia. Seient A3, la galta sobre el vidre, un fil de sol cremant-li les parpelles. Sota els peus, un llençol blau i un parell de torres li donen la benvinguda. Plou. No és una pluja greu sinó més aviat mansa, inconstant. «Un viaje largo, así nomás es», es diu amb veu esquerdada, posant les mans a la falda. Davant seu, contempla una ciutat convertida en pols grisa. Fa anys que no veu la mare i es pregunta si sabrà reconèixer-la a l'instant. N'ha vist fotografies. Algunes de recents. Amb bosses violàcies sota els ulls i un clotet en forma de penyasegat a la barbeta. Es pregunta com serà, si s'abraçaran o no, quines seran les primeres paraules que es diran quan es retrobin. Sis anys sense veure's.

Serà capaç de reconèixer-ne l'olor? Els pocs records que en té són més aviat àcids i distorsionats. Un dia al gronxador blau, unes mans pujant-la a collibè, els morros empastifats de xocolata, un timbre de veu vellutat que li deia: «Ven, que hay chicharrón con papas, Jhan, tu plato preferido. Ayyyy, mi hijita bonita... ¿A que nadie te quiere más que yo, Jhan?».

«Atenció, passatgers, col·loquin bé el respatller i cordin-se el cinturó de seguretat. D'aquí a uns minuts aterrarem a la ciutat de Barcelona».

Avança per un passadís que se li fa interminable. Rostres desconeguts, blancs com els núvols, li passen pel costat arrossegant barrets, paraigües i equipatges. Es pregunta què hi fa una noia de quinze anys com ella, boliviana, enmig d'un aeroport desconegut buscant la mare. Se sent bruna i diferent de tothom, encara una nena. «Aunque ya tienes cuerpo de mujer, changuita», li deia sempre l'àvia, la dona que l'ha cuidada, la seva autèntica mare.

«Madre».

S'obren les portes —nou fotograma en moviment— i al davant veu una dona vella i arrugada com una pansa. El llavi inferior li tremola i mou insistentment les mans. La mare porta un abric de color iceberg que li accentua el groc i negre dels ulls. Quan s'hi acosta, es fixa en la seva pell de lliri, endurida pels anys, amb taques que semblen esquitxades d'oli i que se li disseminen al voltant del nas. Porta unes sabates esfilagarsades que podrien haver estat arreplegades de qualsevol contenidor. No, no puede ser. ¿Esta es mi madre?, es pregunta. Se la imaginava una dona ben vestida, amb un collaret de perles i una bossa de marca, d'aquestes que porten les actrius de les pel·lícules antigues. La mare, la dona que treballava a Espanya, que els enviava diners cada mes, que veia com una mena d'heroïna i que li prometia sempre que «pronto te iré a buscar y estaremos juntas, Jhanet, te lo prometo». Torna a la realitat i sent que el món se li esmicola. Es mira la mare un instant i de seguida desvia els ulls cap a terra. Un paper rebregat, quatre engrunes de croissant de xocolata, un bitllet d'autobús escapçat. ¿Tanto has envejecido, mamá?

Avança amb lentitud, com si l'estiressin des de l'altra banda amb un fil d'estendre. Vol anar a cercar-la, però els peus, i el cor, li impedeixen avançar. La mare és allà, lluny, esperant-la amb un somriure fràgil. De sobte la Jhanet s'atura i es converteix en monòlit de sal.

—Hola, preciosa —li diu la mare amb veu tremolosa—. ¿Cómo ha ido el vuelo pues?

—Bien, bien...

—Por fin estás aquí, Jhanet. Por fin has llegado a España.

Aleshores la mare, de nom Eli, obre els braços per fer-li una gran abraçada, però la Jhanet no mou ni un sol mil·límetre del seu cos.

El món s'enfosqueix.

—Bienvenida a casa, mi hija. No sabes... no sabes las ganas que tenía de volver a verte.

Hores més tard arriben a un pis diminut situat al barri de la Guineueta de Barcelona. La cosina Mary —té una cosina, ella? — se li llança al coll i l'omple de petons amb gust de tabac i de xiclet de menta. «Oh, Jhanet, ¿te acuerdas de mí? De chiquitas jugábamos en el huerto de la abuela». La Jhanet fa dues passes enrere i clava una llambregada al pis, que troba minúscul i de color de sutge. Un sofà vell enfocat de cara a un televisor, un pòster esgrogueït de Bolívia, una taula de fusta amb una muntanya de draps de cuina per plegar, una pica amb l'aixeta rovellada que perd aigua. Esto no es lo que me esperaba, es diu intentant fer el cor fort i formulant un mig somriure. Ha preparat el viatge durant molt de temps, mesos, qui sap si fins i tot anys, esperant el gran moment d'arribar a Espanya. «Allí tendrás una vida mejor», li deia sempre l'àvia, la seva autèntica *mamita.* «Yo ya no te puedo cuidar. Tú lo que necesitas es estar con tu madre, mi hijita». I ara per fi és aquí, després de quasi tretze hores d'avió, escala a Madrid, amb una mare envellida i un pis minúscul com un corral de gallines.

La cosina Mary l'arrossega cap a l'habitació —«esta es tu nueva habitación, Jhan»— mentre li parla del nou institut i dels companys a qui aviat coneixerà. «Te he dejado la mitad del armario para que pongas la ropa como quieras. ¿Prefieres dormir en la cama de arriba de la litera o abajo? Ay, me da tanta alegría que estés aquí, prima». La Jhanet ho processa tot a gran velocitat i intenta situar-se en l'ara i aquí.

—Podemos salir un día de marcha juntas. Al boliche y eso—li diu la cosina Mary, asseient-se a la catifa i picant-li l'ullet—. Conozco a unos changos... ¿Te parecen guapos los españoles, prima?

La Jhan fa que sí amb el cap mentre clava els ulls en una finestra raquítica. Més enllà del vidre, un rectangle de patis interiors, una teranyina inacabable de fils d'estendre i uns núvols baixos li donen la benvinguda. Tot és fosc, pols, decrèpit. No. Aquest no és el paradís que li havien venut.

¿Qué hago yo aquí? ¿Y esta mujer? No, esta mujer no es mi mamá.

Natalka

Clic.

La Natalka es contempla un instant al mirall, nua. La panxeta comença a adquirir una forma corbada i... clic, es fa una altra fotografia. No té la panxa inflada de maduixes, no. Tampoc és de pastís de xocolata amb ametlles i taronja amarga que li feia la mare de petita. És d'un embaràs que fa temps que es gesta i que avança, segons diu el metge, en un estat òptim i sense cap mena d'obstacle. S'està a la «granja de pollastres», com en diuen aquí, a Kíev, amb altres noies que com ella han decidit convertir-se en ventres de lloguer. Engendra un fill que haurà d'entregar als futurs pares així que doni a llum, i ja hagis acabat la teva feina, Natalka. «Estàs disposada a acceptar les condicions que implica ser una mare subrogada?», hi deia al contracte de lloguer que un dia va haver de firmar. Ni drogues, ni alcohol, ni menjar fora d'hores, ni parlar de diners... perquè aquí no es parla en cap moment de diners, oi que ho has entès, Natalka? Nou mesos d'embaràs i aleshores lliurarà el fill a la parella que l'ha contractada. Es tracta d'un matrimoni d'irlandesos, l'Edgar i la Beth, de bona posició, a qui els falta un petit detall per assolir la felicitat completa. Un nadó. Un nadó preciós que els permetrà acabar de tancar el cercle i convertir-se en l'anhelada família perfecta. El nostre bebè, diuen tots dos amb la veu impostada. I ella, la Natalka, és tan sols un contenidor per fer realitat el seu somni. Com si fos un farcell o un paquet embolicat amb paper crespó on hi diu: «Regal d'Amazon, destinació Irlanda. Si surt defectuós, no s'amoïni que li retornarem els diners».

Una nova fotografia i... clic.

El seu marit, el Vasyl, hi està d'acord. «Tu i jo no volem tenir fills, Natalka. Així que, per què no treure'ns uns quants diners de la manera més fàcil possible? Amb els deu mil euros que cobraràs podrem tenir una casa pròpia. Això trigaràs com a mínim dotze anys a guanyar-ho. Pròpia, t'ho imagines? Amb un jardinet i un jacuzzi al bell mig. I fins i tot amb un gos, com sempre has volgut. T'agraden els teckels, oi, Natalka? Amb els diners que guanyarem podrem comprar tot el que tu vulguis. I serem una mica més feliços. Perquè és fals que els diners, a la vida, no donen la felicitat. Esclar que donen la felicitat! I aleshores no caldrà que treballem més durant un temps ben llarg, ni tu de dependenta a la botiga de cosmètics ni jo servint cerveses al maleït bar». «El puto bar», afegeix amb una ganyota. «Una feina i prou, Natalka. Una feina i prou», li repeteix amb alè de vodka.

Avança cap a la sala del televisor i es reuneix amb les amigues parteres. Recolza el cap sobre el coixí i intenta concentrar-se en un documental —avorridíssim, ara estira les cames, ara fa un badall— sobre els elefants de la sabana africana. Se les mira a totes assegudes amb les panxes inflades.

La més experta del grup és la Svetlana, que ja va fer un part abans i ara està prenyada de bessons d'un matrimoni adinerat de Grècia. Després hi ha la Helen, de només divuit anys, que es desviu per pagar-se una carrera universitària. També la Karen, que ja ha tingut dos fills propis i diu que en farà un tercer de propina perquè tant ella com el seu marit es van quedar a l'atur fa uns quants mesos. I la Carla, i la Gretta, i la Moni, i la Klara, i tantes i tantes altres que són aquí per motius que no tenen res a veure amb els d'ella i que algun dia deixaran enrere. «No és tan difícil», li diu sempre l'amiga Svetlana. Només és parir i prou, com qui va a una classe de gimnàstica. I després, en el moment del part, el més important és no implicar-s'hi. No mirar, no fer, no interaccionar amb la criatura.

Una veu greu l'abstreu dels seus pensaments.

—Pots venir amb mi un moment, sisplau, Natalka? —l'interromp el doctor Lanur, un dels ginecòlegs del centre.

—Ara?

—Sí. Toca fer una ecografia.

—Una altra?

—Els pares ho han demanat. Pateixen. Volen estar informats. Ja saps com d'insistents poden arribar a ser alguns pares.

Pares.

La Natalka segueix el metge pels passadissos reptilians del centre. Hi ha esquerdes a la paret i l'embriaga una olor de lleixiu que li fa venir basques. Des que està embarassada s'ha tornat més sensible a les olors i als gustos. Sovint li provoquen fàstic, bola de fel, ganes de perbocar ecografies i contractes. Al seu voltant, un món artificial l'agombola: pòsters de nadons perfectes, pares i mares somrients, panxes inflades, metges i infermeres amb mascaretes, llits d'hospital impol·luts, pares blancs i europeus amb nadons rossos que miren somrients a càmera. Un món idíl·lic i sense fissures. La maternitat perfecta. Compro i venc. «Som un ventre i prou», li repeteix sempre l'amiga Svetlana.

—Passa —anuncia el metge Lanur, obrint-li la porta de la sala on practiquen les ecografies.

Una infermera la rep amb un somriure i li ofereix una bata.

—Entra al lavabo i despulla't. Te la cordes només per la part del davant, d'acord? T'atendrem de seguida.

La Natalka entra al bany i es treu a poc a poc la roba. Es mira al mirall i es fixa en la panxa ovalada que no para de créixer. Estries en forma de petites sargantanes liles li vagaregen pel ventre jugant a fet i amagar. Es posa la bata i surt del bany caminant com un autòmat.

—A veure com trobem aquest bebè —li diu ara el metge, sense ni tan sols dignar-se a mirar-la a la cara.

Darrerament comença a semblar-li sòrdida la imatge d'un home —havia de ser un home?— que comença a palpar-la sense ni tan sols immutar-se.

Tanca els ulls i intenta viatjar al passat, amb la mare i les germanes.

Fa tant de temps que no les veu.

La mare va morir fa uns anys, sí. Les germanes van marxar als Estats Units. I ara... ara només li queda la tieta Kalyna. Potser els hauria d'explicar la decisió que ha pres i la feina a què es dedica. Però no. Sap que no ho entendrien. De fet, ni ella mateixa gosa explicar-ho a gaire gent, el que està fent. Està fent res mal fet?

No, es diu.

Soc un ventre i prou. Això és tan sols una feina.

—Sembla que per aquí tot està bé —anuncia el ginecòleg Lanur sense apartar en cap moment els ulls de la pantalla.

Però la Natalka ha decidit que no vol veure cap cama, cap braç, cap petit gest que indiqui un bri de vida, perquè com li diu l'amiga Svetlana, «com menys miris, millor». Tu ets un ventre i prou. Això no ho oblidis mai, Natalka.

—Sembla que tot és correcte —remuga el metge—. La nena està perfectament bé.

La Natalka nota una fiblada al cor quan sent que el metge pronuncia amb tota la naturalitat del món la paraula *nena*. Sense voler, gira el cap en direcció a la pantalla —no ho facis, Natalka, no ho facis— i veu un fetus amb el capet petit i unes cames llargues de plastilina que se li encongeixen fins a l'altura del pit. Allà dins hi deu tenir el cor, pensa. Un cor massa gran. Un cor massa gran per a tantes incerteses.

Més tard, asseguda amb les seves amigues parteres —riuen, comparteixen converses, mengen cacauets, «Em passes el coixí, Svetlana?»—, la Natalka comença a pensar involuntàriament en noms de nena. No hi hauria de pensar però hi pensa. Hi pensa molt.

Lera.

Lesia.

Oxana.

Inha.

Daryna.

Les mans se li'n van cap al ventre. Però no, no, no, les mans a les butxaques, com li diu sempre l'amiga Svetlana.

Emma

Obro la nevera i veig tres pastanagues i un iogurt caducat. Al prestatge, un paquet d'espaguetis, dues llaunes de tonyina i tres pots de cigrons. La mateixa marca de cigrons que vaig cuinar el dia X, el dia que va començar tot... O potser hauria de dir el dia que se'n va anar tot a la merda. «No hi ha batec», em va dir el doctor March amb el rostre tibant i gotetes de suor a les parpelles. Miro la tetera buida i recordo que encara era exactament aquí, sobre el marbre, quan vaig sentir la darrera puntada de peu a l'estómac. El meu fill era viu, llavors, encara palpitava. I ara, una setmana més tard, la tetera continua exactament en la mateixa posició, com si no hagués canviat res, com si encara no hagués travessat el llindar de l'impossible.

Em fixo en cadascun dels objectes que m'envolten. El mocador de seda continua damunt de la cadira, tal com el vaig deixar. El pòstit enganxat a la nevera —Comprar cafè, cereals i aigua— miraculosament encara no ha caigut a terra. També hi ha l'ampolla d'oli que reposa sobre el marbre, i la taula plena de papers, i el retolador groc per subratllar les frases, i la llibreta verda amb la taca de cafè en forma de lluna. Cada objecte és l'eco d'un record, d'una idea, d'una escena imaginada. El meu fill hi és, present, en cada àtom, en cada partícula que habita en aquest pis. Quan escrivia les notes sobre el manuscrit, possiblement el meu fill encara era viu. Mig manuscrit amb el fill viu i mig manuscrit amb el fill mort, penso. Prou, Emma, prou, em dic a mi mateixa. Prou de pensar-hi tant, prou de recrear-t'hi a totes hores, prou de pensar que ets la persona amb més mala sort del món. «Encara que no t'ho creguis, això els passa a moltes dones», va dir el doctor March, arrufant la cella dreta.

Sona el telèfon. Les amigues m'han trucat unes quantes vegades. Estàs bé, Emma?, Necessites res?, Vinc a veure't i fem unes birres? Estic bé, gràcies. No us preocupeu per mi. No us preocupeu per mi. No us preocupeu per mi, em repeteixo en veu alta com si fos un mantra.

Intento posar-me a treballar una estona —Va, Emma, tu pots; agafa el maleït manuscrit— quan sona una videotrucada. A la pantalla hi veig el número de la mare. Només em faltava això. Darrerament s'ha aficionat a les videotrucades i no aconsegueixo treure-me-la del damunt ni per respirar. Despenjo i la veig mig desenfocada, amb els cabells tintats de vermell i les aletes dels narius inflades com una tenda de campanya.

—Emma, carinyo, com estàs?

—Bé, mare, bé —balbucejo.

—Escolta, bonica —es toca un floc de cabells i se'l situa darrere l'orella—, sàpigues que no passa res, eh?

—...

—Vull dir... —s'escura la gola— això que t'ha passat, per desgràcia, els passa a moltes dones.

—Ja ho sé, mare. Ja ho sé.

—Però tu tens sort que encara ets jove. Que avui dia tenir-ne trenta-nou tampoc no és tan greu.

Quaranta. La llosa. Estava esperant que algú m'ho digués, gràcies.

—Més endavant en podràs tenir un altre. Encara hi ets a temps. Segur que no hi haurà cap problema.

—Escolta, mama.

Em venen unes ganes terribles de fumar, compulsivament, com quan era més jove i fumava gairebé un paquet al dia.

—Va, que d'aquí a quatre dies ni te'n recordaràs. —«Ni te'n recordaràs»—. Vull dir que quan en tinguis un altre, tot això quedarà enrere, nena.

—Prou, mare, prou —exclamo—. Escolta, gràcies per preocupar-te, val? Però ara he de treballar.

Penjo i em torno a fixar en el manuscrit. Uns segons de lectura i les lletres ballen i es desendrecen formant una muntanya de paraules. El text que he rebut parla d'una capsa màgica que pot contenir milers i milers de records. Records alegres. No. No puc. Darrerament no em puc concentrar en la feina ni soc capaç de llegir res que em cridi l'atenció o m'interessi.

M'alço de la cadira i avanço tremolosa pel passadís, que se'm fa inacabable. Arribo fins a l'habitació de parets blaves i... No sé si hi puc entrar. És la seva habitació, l'habitació del meu petit, la teva, Max, la que vaig decorar amb tant d'amor i tanta cura durant els mesos que va durar l'embaràs, durant els mesos que encara t'esperava. La panxa em crema i estic temptada de recular o sortir a fer un volt per distreure'm. Tan sols es tracta d'una etapa i prou. Aviat no te'n recordaràs. Podràs tenir-ne un altre. Una mena de força tel·lúrica —què et passa, Emma?, què et passa?— m'impulsa a fer una passa endavant. Mà tremolosa i faig girar el pom de la porta. Miro al meu voltant com si contemplés l'estança per primera vegada. L'habitació del meu petit. Pintada de color blau cel, color de cala, tan àmplia i lluminosa perquè és la millor habitació de la casa i allà on toca més el sol, mama. També hi ha el mòbil de peixos i estrelles que em va regalar l'estiu passat la meva germana. I més enllà el bressol de fusta que em va ajudar a muntar el meu amic i soci de l'editorial, el Xavi. I els bodis i les samarretes que em van regalar les amigues. Te'ls hem comprat de diferents talles perquè quan són petits creixen molt de pressa, Creixen-molt-de pressa, van dir les amigues, banalitzant el sentit de la frase. I també l'elefant de peluix, i la granota per guardar els pijames, i els tres primers contes plastificats que havia de llegir-li algun dia a la banyera.

(Escena imaginada: Hi havia una vegada un peix blau. O vols que sigui verd, Max? O vermell? Saps que el vermell és el meu color preferit? Va, seu. Seu a la meva falda que t'explicaré un conte, fill.)

Aleshores faig unes passes endavant i m'adreço al bressol de fusta. Un univers buit i tan habitat alhora. N'acarono les baranes i m'hi imagino el meu Max a dins. Els ulls closos, la respiració pausada, el clotet a la barbeta, les galtes rosades... Em demana el pit i acudeixo amb urgència a la crida.

El meu fill imaginat.

De cop, sento que un pit em raja.

No. No m'ho puc creure.

Llet.

Em surt llet d'un pit.

M'angoixa l'obstinació del meu cos per convertir-se en mare.

Jhanet

Si pudiera, me volatilizaría.

La Jhanet entra a la classe d'un institut qualsevol d'un dia qualsevol. Al voltant, rostres nous l'observen amb les boques tortes. El seu cervell intenta pintar el món de negre per no veure res de tot el que la rodeja. Però els veu. Els alumnes. Mirant-la amb les celles arrufades i fent comentaris —qui és, la nova?, d'on és?— que encara no encerta a comprendre. El blanc s'obre pas al negre i torna a veure'ls des d'un primer pla, amb els rostres plens de grans, pus, apuntant-la amb dards a les ninetes.

Si pudiera, me volatilizaría.

Es mira els nous companys i els troba lletjos —n'hi ha de tots colors: blancs color nevera, mulats, pell de xocolata... ¿De dónde serán estos? ¿Peruanos? ¿Dominicanos?—, i es pregunta què hi fa ella, allà, en aquest tros d'aula llòbrega i esquerdada. Nou institut. Una estrangera en un món hostil. Immigrant, estrangera, forastera.

Un noi d'ulls foscos i pell bruna se la mira burleta des de la darrera filera.

—Tot i que som a mig curs avui s'incorpora una alumna nova. La Jhanet. Com estàs, Jhanet? —diu la professora d'ulls entelats i punta de saliva a la comissura dels llavis.

La Jhanet intenta forçar un mig somriure i treu el cap tímidament per darrere de la carpeta. No entén gaire el català, una llengua ben diferent de la seva. Des que és aquí sent una barreja de sons, paraules, rostres desconeguts que no paren d'interpel·lar-la.

—Bien, gracias —contesta com pot.

—Seu, seu allà —li diu la professora assenyalant-li un pupitre buit—. Sigues molt benvinguda.

La Jhanet es dirigeix cap al pupitre amb el cap cot i la vista fixada a les rajoles. Sense voler-ho ensopega amb una taula —una rialla breu, un estossec, el so d'un bolígraf que cau—, però ella segueix caminant, aliena a les mirades dels altres.

—I què ens pots explicar del teu país, Jhanet?

—No lo sé.

—Ets de Bolívia, oi? Algú de vosaltres ha estat mai a Bolívia?

No hi ha respostes. Es fixa en els somriures forçats, les celles arquejades, la noia del seu costat que la saluda amb el cap torçat com si fos un ninot de goma. Ara se'ls imagina a tots decapitats i amb els ulls en blanc i la llengua fora. «Cuanto más feos e indefensos, mejor», li ha dit fa una estona la cosina Mary. «Y sobre todo que nadie se atreva a mirarte por encima del hombro, prima. Tú hazte respetar, que no se crean que pueden colonizarte».

Colonitzar-te.

—I bé, Jhanet —la professora ara canvia de llengua—: ¿nos puedes explicar algo de Bolivia?

Dubta uns segons i finalment respon:

—Soy de Cochabamba. Y... no sé qué decir... Hay autos, y grandes avenidas, y mucha gente... más gente que aquí... y la casa de mi abuela.

Es fa un silenci llarg que no s'acaba mai.

—Pero ahora estoy aquí, con mi madre —li costa dir-ho—. Y también con mi tía y con la prima Mary. Todo es nuevo para mí...

De cop se li trenca la veu i perd el control de l'escena. Intenta respirar fondo i arquejar el cos.

—Esperem que tinguis un bon any i que t'integris bé, Jhanet.

Que te integres.

La gola li crema i comença a respirar a glops petits. Te integres. Dues paraules que semblen innòcues però que contenen un pòsit inequívoc de maldat. Li toca a ella integrar-se a un nou món. A una habitació estranya, a una futura amiga que li pica l'ullet, al noi morenet de l'última fila que no para de mirar-la de reüll i ara li dedica un somriure d'anunci. ¿Cómo se llamará? ¿José Luis? ¿Carlos Javier? ¿José Antonio? S'ofega en una incertesa irreparable.

A l'hora del pati, ella i la cosina Mary comparteixen un entrepà quan se'ls acosten el morenet de la darrera filera i un altre amic com ell, també morenet, tots dos dominicans i els més populars de la classe. Venen fent esses pel pati, amb les mans a les butxaques i uns somriures captivadors i burletes. Es diuen Juan Carlos i Rafael —«Hola, ¿cómo estáis, guapas?»— i els proposen que se saltin la classe següent i se'n vagin tots plegats al parc una estona. Un dels nois és atractiu, el Juan Carlos. Ulls foscos, pell vellutada, una nou al mig del coll que sembla una protuberància. La Jhanet se'l mira coqueta i ell li retorna un somriure ple d'intencions incertes.

Sense saber com, ni per què, es troba passejant per una ciutat que no se sent seva. Barcelona. L'havia vist en fotografies, tríptics, documentals... Però en cap cas se la imaginava com la veu ara. Olors noves l'embolcallen i li entren per tots els orificis del cos: rostits i espècies paquistaneses, clavegueres i pixums, xiscles i sirenes d'ambulàncies, música electrònica i ambientadors de lavanda.

—Esto es el Barrio Gótico —li diu divertida la cosina Mary—. Por aquí saldremos mucho, ya lo verás. Está llenito de boliches que te van a gustar.

Arriben a un parc infestat de llaunes de cervesa, bosses de plàstic i caques de gos mig desfetes. S'estiren a l'herba i contemplen els núvols. La Jhanet clava els colzes a la gespa i accepta un porro que li passa el Juan Carlos «porque esto es maría de la buena. Y está poco cargado, ¿eh?, no sufras». És la primera vegada que fuma un porro que fa aquesta olor. Tot fa una olor diferent, aquí. Aromes diferents, gestos estranys, rostres eteris. Es pregunta quina cara faria l'àvia si la veiés ara fumant-se un porro en un parc qualsevol. No me riñas, mamita. Es que no paras de meterte en problemas, Jhan. Yo... yo ya no puedo contigo. Es col·loca el cigarret entre l'arrel dels dits i se l'endú a la boca en un gest sincopat. Veu el món deformat i del revés. L'asfalt entre les estrelles. Fa una altra pipada i juga a fer espirals i esferes impossibles. La música de reggaeton, el seu reggaeton, la transporta a la seva terra natal de Bolívia.

Hi és, ho veu. Amb una nitidesa palpitant.

Quatre anys, cuetes de nena, la mare l'estreny contra el pit i:

—Me voy a ir a España un tiempo, Jhan. Pero no llores, mi hijita. Vendré a verte prontico. Nos encontraremos otra vez y podremos volver a vivir juntas.

La Jhanet s'abraça al cos calent de l'àvia i un regalim de pixum se li escapa cames avall. Aleshores tot esdevé en un estol de records que juguen a confondre's i a entrellaçar-se. La mare marxant lluny i convertint-se en un petit insecte, les carícies de l'àvia, el pare tornant tard de nit, serrant la mandíbula, i la brisa, i la porta pesant, i el silenci greu que s'instal·la a casa.

Te echo de menos, mamá.

Te echo mucho de menos.

I els anys passen, i el pare marxa, i ella continua aferrada a les cames de l'àvia esperant un dia i un altre que la mare la vingui a buscar. Paquets, cartes, promeses incomplertes. I al cap de tres anys una visita curta de la mare. Uns dies i prou. Os traigo regalos. Paper arrugat. Mirada fal·laç. ¿Por qué no puedo venir contigo, mamá?

Si pudiera, me volatilizaría.

Quan obre els ulls veu les mans del Juan Carlos, les mans de xocolata del Juan Carlos, que li acaricien un pit i comencen a jugar amb el seu mugró esquerre. Ella es deixa fer, entregant-se a aquesta nova terra, a aquestes noves mans, a aquests nous petons amb gust de sal que espera que siguin càlids i perdurables, no pas com els petons buits que li feia la mare.

Pronto nos reencontraremos, Jhanet.

Quina farsa.

Quina gran farsa.

Natalka

La Natalka arriba a casa, casa seva, un pis minúscul situat al centre de Kíev. La música l'escup cap al rebedor i una flaire de menjar paquistanès —o és mexicà, indi?— li provoca les primeres arcades. Fa olor de sucre, de curri, de pa torrat. Darrerament en té moltes, d'arcades. Amb la carn, amb les espècies, sobretot amb el peix blau. Cada vegada que passa per davant d'una peixateria el vòmit se li instal·la a la gola i la convida a expulsar tot el que porta a dins: nadó i ecografies, retrets i mal a la panxa, culpa i remordiments. «Ets un ventre i prou, Natalka», li recorda sempre l'amiga Svetlana.

Entra a la sala i saluda el Vasyl, el seu home, que la rep amb un petó glaçat als llavis. De seguida surt d'una habitació la Lana, que des de fa temps s'ha convertit en la nova inquilina. Sona una música de fons que no els deixa parlar ni entendre's. Sol Rising? A la Natalka li agrada aquest grup perquè la transporta a un món ple de records alegres. Recorda quan amb el Vasyl l'escoltaven junts tot fumant-se un porro i compartint un parell de cerveses al terrat comunitari de casa. Eren uns altres temps, aquells. Converses entre cúpules daurades. Encara se sentia enamorada. Però ara el Vasyl fa alè de vodka i els seus ulls des de fa temps s'han tornat gèlids. Es mira el seu home i no se'n sap avenir.

Tant ha canviat?

Per què?

Per què ja no em mira?

Les mans al ventre s'entrellacen amb els seus pensaments. Recorda converses llunyanes i es deixa emportar per antics records.

—Algun dia podrem tenir un pis, nostre, propi. T'ho imagines, Natalka? —li va dir el Vasyl uns mesos enrere.

—Ja, però no sé si en seré capaç, Vasyl...

—Tu pensa que és tan sols una feina. Més endavant, quan la vida ens vagi millor, si és que algun dia ens va millor, ja ens plantejarem si volem tenir les nostres pròpies criatures.

—A mi em sembla que m'agradaria tenir fills, algun dia...

—Esclar, Natalka. Però ara pensa que aquesta podria ser una oportunitat única. Quantes vegades seràs capaç de guanyar deu mil euros en un any, eh? Quan? Tu saps la puta pasta que és això?

Les paraules se li enganxaven a la boca i li queien a terra com si fossin volves de neu. Tot i no tenir estudis, el Vasyl continuava fent números esplaiant-se en tot el que podrien arribar a guanyar si ella acceptava la feina de convertir-se en ventre. És bo, el Vasyl, fent números. Li agradava fer excels on anotava tots els moviments del que entrava i sortia de casa. «Que no, hòstia, que el lloguer és massa car, i al bar em paguen una merda, i tu encara treballant en aquesta botiga de cosmètics que no ens dona ni per comprar el pa. Per què no et planteges això del ventre de lloguer, Natalka? Deu mil euros en nou mesos. Tu saps el que trigaríem tu i jo a guanyar tota aquesta pasta?».

Va entrar a la pàgina web de l'agència i va arribar a la conclusió que mai, mai, mai s'atreviria a convertir-se en ventre. La granja de pollastres feia un desplegament de totes les virtuts que implicava convertir-se en un ventre per subrogació —que si grans instal·lacions, que si embarassos amb un noranta-cinc per cent d'èxit, que si preus que en aquell moment li semblaven or, que si tracte humà amb les parteres—, però va mirar un fòrum en què algunes dones parlaven sense embuts de la seva experiència:

«És com una granja de pollastres. Et tracten com a bestiar i prou».

«Si tens cap problema et fan buscar-te la vida».

«El quiròfan no està en condicions. Una amiga va agafar una infecció i gairebé s'hi queda».

«No sé com podeu fer-ho, noies. Us hauria de fer vergonya!».

«Ventres de lloguer? I una merda, nosaltres som mares!».

«Doncs la meva experiència va ser bona i amb això m'he pogut comprar un pis».

«I jo em vaig pagar una carrera!».

«Mares de lloguer? De cap manera! Ens haurien de dir lloguer de mares. Com lloguer de bicicletes, o de cotxes, o de pisos. No som això, nosaltres? No som ventres que es lloguen?».

Va estar uns dies debatent-se internament fins que els esdeveniments van començar a precipitar-se. Ho sento, Natalka, però a la botiga només podràs fer mitja jornada. Doncs no sé què fotrem amb el lloguer, Natalka. Haurem de llogar l'habitació petita perquè com a mínim puguem arribar a final de mes. Però si aquest pis és un pet, Vasyl, un pet. Qui vols que hi fiquem, aquí dins? Aleshores va decidir fer una visita al centre, als afores de Kíev, i l'hi va comentar a la tieta que viu a Espanya. «Tampoc no hi perdo res per intentar-ho, oi, tieta Kalyna?». Va visitar-lo una tarda de boira amb so de clàxons de cotxes i gotetes de pluja impactant-li a les parpelles. Al centre va parlar amb una noia de somriure amable, la Klara, que li va vendre la idea de ventre subrogat com una gran solució a tots els seus problemes. Feia feredat, aquell somriure. Voldria saber què he de fer per convertir-me en mare de lloguer, va dir amb un fil de veu gairebé imperceptible. Li van preguntar el nom, l'edat, la feina. També van demanar-li si havia tingut problemes mèdics o família amb antecedents de càncer o malalties hereditàries. «Perquè ens hauràs de fer arribar els teus informes mèdics, i t'haurem de fer analítiques —sang, orina, malalties de transmissió sexual— i proves de fertilitat per veure si ets prou apta».

Apta.

Aleshores va arribar el moment de parlar de xifres; aquell caramel llaminer injectat en àcid clorhídric. «Cobraràs deu mil euros. Pensa que seràs com un contenidor. Un recipient i prou. El bebè que portis al ventre no portarà la teva genètica ni compartirà res amb tu». Aleshores li van explicar que li practicarien una in vitro amb semen del pare donant i l'òvul d'una mare anònima. Esperarien a veure'n els resultats i ho intentarien fins a tres vegades. Un cop es confirmés l'embaràs, firmarien el contracte amb els pares sol·licitants i pactarien els terminis de pagament. El primer, en quedar-se embarassada; el segon, a la meitat de l'embaràs; el tercer, en el moment del part. «Pensa-t'ho i ens en dius alguna cosa aviat, Natalka».

En Vasyl l'estira del braç i la porta cap a l'habitació amb urgència. Li és igual que hi sigui la companya de pis, o que la Natalka estigui cansada, o que senzillament no li vingui de gust perquè ell tan sols pensa en ell, en el seu desig, en el desig de posseir la seva dona. S'estiren tots dos al llit i la Natalka es fixa en una taca d'humitat que ha aparegut al sostre. La pintura s'ha començat a bufar i desprèn guix que va a parar a terra. Caldrà arreglar el sostre abans que s'hi faci un forat ben gros i els veïns del pis de dalt li acabin caient a sobre, pensa. Però el Vasyl li agafa amb ímpetu el rostre i li fa un petó als llavis amb restes de tabac i vodka. Per un moment deixa enrere aquests pensaments i se centra en els pocs moments que comparteix amb la seva parella. Ninetes clavades al sostre i el Vasyl comença a despullar-la i li acarona els pits, que cada cop es fan més grossos. Els llepa i li pessiga el mugró esquerre. Ella s'exclama. Sent una excitació creixent i alhora una tristesa fonda. El Vasyl continua acaronant-li els pits —ara l'un, ara l'altre, «És que tens uns pits increïbles, ara que se t'han fet tan grossos, Natalka»— mentre ella es deixa fer per no portar-li la contrària. Tanca els ulls i intenta relaxar el cos, que es va tornant de pedra. Tot d'una sent que no pot, no n'és capaç, comença a sentir una gelor a l'estómac. Ho sento, Vasyl, ara no, sisplau, para. No em trobo gaire bé aquests darrers dies. És que ara no em ve de gust, Vasyl, ho sento.

Ell s'alça del llit i la mira amb les pupil·les enceses. La Natalka tem aquest moment que ja ha viscut altres vegades. Els ulls inflats, la vena vermella marcant-se-li al coll, la ira creixent que es desboca i que acaba convertint-se en flames.

—No fotis, Natalka.

—Ho sento, Vasyl.

—Et passes tot el puto dia al centre i a mi que em donin pel sac, no?

—Va, tranquil. Potser més tard... És que ara no en tinc ganes...

—No en tens ganes, no en tens ganes, no en tens ganes. Des que t'has embarassat que ja no sembles una dona!

S'alça i comencen els retrets, i el llum de peu que va a parar a terra, i un cop de puny a la paret, només un, però en podrien ser dos... o tres... perquè no és la primera vegada que passa.

La Natalka es pregunta si acabarà perdent el control i agredint-la com ja ha fet altres vegades. Aquell dia que sense voler —«Perquè ha estat sense voler, Natalka! Tu m'has provocat»— li va acabar clavant una bufetada a la cara. O el dia que la va empentar i li va dislocar el braç esquerre. Es va estar tota una setmana sense poder anar a la feina ni poder parlar-ne amb ningú, del que li havia passat. Què t'has fet, Natalka? Res, res. Una caiguda. Les escales. Vaig relliscar. Un petit accident. Estic bé, bé, bé... no us preocupeu per mi, sisplau. Estic bé.

—Un cop que vens i a mi que em donin pel cul, no? —insisteix el Vasyl amb les conques oculars buides.

La Natalka s'alça del llit i per tallar la discussió —«Ho sento, Vasyl, és culpa meva, és culpa meva»— es refugia al bany i es tanca amb clau per protegir-se. S'asseu a la tassa del vàter i intenta fer inspiracions per tranquil·litzar-se. Inspira, Natalka, expira. De fons se senten els crits que van minvant i que desemboquen amb un cop de porta. Tota ella tremola. Finalment es fa el silenci i ella respira a glops petits mentre fa l'esforç de calmar-se. De cop, sent un petit moviment al ventre. Com un repic, una descàrrega elèctrica, un sospir que li parla a cau d'orella i que tan sols ella és capaç de percebre. Al cap d'uns segons percep una puntada de peu. Aleshores, ara que no la veu ningú, ni el Vasyl, ni la nova inquilina ni les amigues de la granja, comença a acariciar-se dolçament la panxa.

Lena?

Olha?

Nyura?

Liliya?

Aleksandreyeva?

S'ofega en pensaments lligats al coll com una daga. I plora. Les llàgrimes cauen rostre avall, sense fre, xisclant amb crits d'auxili.

Emma

Va ser culpa meva perquè no et vaig saber cuidar prou bé.

Va ser culpa meva perquè he anat massa estressada.

Va ser culpa meva perquè vaig anar al supermercat i vaig agafar una bossa que pesava massa.

Va ser culpa meva perquè aquell dia vaig moure de lloc un sofà i sense voler vaig sentir una pinçada a l'estómac.

Va ser culpa meva perquè vaig trigar massa a avisar el metge.

Va ser culpa meva perquè, perquè, perquè, perquè, perquè, perquè... Prou, Emma, prou, em dic colpejant-me insistentment el crani.

Surto de la dutxa amb gotetes cristal·lines lliscant-me per la pell. Em contemplo al mirall nua i jugo a interrogar la dona estranya. Aquesta soc jo?, em pregunto. Cabells rinxolats, dent incisiva esquerdada, ulls tintats de gasoil, absència de vida. Darrere les conques dels ulls s'hi amaguen records que evoquen una tristesa fonda. La tristesa de la pèrdua, la soledat, el silenci del part... aquell silenci esfereïdor interromput tan sols per paraules buides del doctor i el so de l'instrumental mèdic. Em fixo en les pigues mal repartides que se'm disseminen al voltant del nas. «Tempesta de sorra i de pigues», em deia sempre el pare. Què en diria, ara, el pare, si sabés que he perdut un fill?

Contemplo els meus pits generosos que ja no vessen llet. «No pateixis, Emma, pren-te aquestes pastilles i se't retirarà la llet de seguida», em va dir el doctor March quan li vaig trucar tota amoïnada. Me'ls miro amb atenció i em pregunto si encara són pits de mare. O de no mare. Grossos, plens, amb els mugrons rodons i color de maduixa. Uns pits que temps enrere lluïa amb escots insolents i que atreien les mirades dels homes. «M'encanten els teus pits, Emma», em deien els nois amb qui de tant en tant me n'anava al llit. Abans. Quan la meva vida sexual era prou activa i encara no sabia què era perdre un fill i haver de viure un dol fatídic. Després de la relació amb el Pau, amb qui vaig estar sis anys —per què no vam tenir fills, llavors?, per què?—, la meva vida es va convertir en una carrera d'obstacles. L'editorial em treia totes les hores del món i sentia que el temps s'escolava. «Hauries de tenir parella estable», em deia la mare. «Tu no surts mai o què?», em preguntaven les amigues. «Que t'estàs fent gran, nena!», altre cop la mare. I més frases al vent. Que si en tens trenta-cinc, trenta-sis, trenta-set, trenta-vuit, trenta-nou. Espavila't, que et passarà l'arròs. I tu no vols tenir fills, Emma?

Durant un temps, clavava un moc a qualsevol que se m'acostés i iniciés aquesta mena de conversa. Em vaig convertir en una addicta al Tinder i a un parell d'aplicacions més per trobar parella. O sexe. Quedades ràpides. Hola, com va? Vols prendre alguna cosa? Ho sento però és que aquesta nit no puc allargar. O bé: Què et sembla si la darrera birra la fem a casa meva? Em venen al cap les escenes de sexe al lavabo o sobre la taula de fusta del menjador de casa. Em miraven els pits, me'ls xuclaven, me'ls acariciaven, me'ls esquitxaven amb gotes de semen, de suor i de sal. Uns pits de no mare.

En un gest instintiu em pessigo el mugró esquerre.

Res. No hi surt llet.
Nou pessic al mugró dret.
Tampoc.
Soc una no mare.

Baixo amb l'ascensor fins al pàrquing i em trobo amb dues veïnes que em saluden amb un Hola, maca, i un somriure àcid. Les seves mirades llisquen pel cos i s'aturen a la meva panxa. Fa dies que ho noto, que ho percebo, que domino el subtext de les petites distàncies. Les mirades de la gent a la panxa, a la meva panxa plena de verdet i molsa. A continuació les veïnes fan veure que no m'han vist i miren o estosseguen, o em treuen qualsevol tema banal de conversa per intentar dissimular el que totes ja saben. Voldria dir-los: «Passa res? Em voleu fer cap pregunta?». No, no els diré res. Deixa-ho estar, Emma.

Avanço pel passadís d'hospital amb la intenció de fer la darrera revisió amb el doctor March i tancar d'una vegada per totes aquesta etapa.

A recepció, quan em disposo a mostrar la targeta —cua de parteres, panxes ovalades, somriures de complicitat— veig que una noia esvelta se m'apropa amb un somriure als llavis. Deu tenir uns vint-i-pocs anys i una mirada fosca que em fa pensar en una nit estelada. En puc notar l'olor de tabac, de bosc frondós, de tronc d'arbre.

—Hola —em diu la noia, accentuant encara més el seu somriure—. Soc l'Olívia.

Me la miro sense entendre exactament per què ve a parlar amb mi.

—Soc la coordinadora d'un grup de dol perinatal.

Em pregunto com sap que jo... No fa cap pinta de saber-ne gaire, de dols perinatals, aquesta noia.

—Sé el que has viscut, Emma. Et dius Emma, oi?

—Sí —contesto mig espantada.

—Viure el que tu has viscut no és gens fàcil, creu-me.

Faig un pas enrere, literal i figurat.

—En un cas com el teu és important poder fer el dol, expressar les emocions. Això és el que fem al nostre grup de teràpia. Som un grup de mares i pares que hem viscut l'experiència de perdre un fill i que volem compartir-la.

—Ho sento, però... no m'interessa... —és tot el que se m'acut dir.

—Et dono igualment la meva targeta —insisteix l'Olívia, expulsant-me el seu alè—. Ens trobem cada dijous a les set de la tarda, a la tercera planta. Si vols venir, ja saps on som. Parlar-ne va bé, creu-me. Per si mai t'ho repenses...

En aquest moment, una infermera passa per davant nostre amb un nadó en braços que no para de plorar. Sembla un nadó acabat de néixer; el rostre rosat, els cabells plens de sang i impureses. La infermera s'endú el nadó passadís enllà, i... jo —Però què fots, Emma?— m'aparto de la noia i començo a seguir-la. La infermera entra a una sala petita on hi ha una sola butaca i una làmpada de peu que projecta una llum tènue. S'asseu a la butaca, les cames encreuades, i es posa el bebè al pit amb delicadesa. Observo l'escena, atenta, com si es tractés d'una pel·lícula que es projecta a càmera lenta i de la qual no em vull perdre cap detall, encara que no m'hagin convidat a l'estrena.

—Aquesta és la sala on practiquem el pell amb pell.

—Com?

Em giro i l'Olívia és al meu costat. M'ha seguit. Em regala una mirada de capvespre.

—Els nadons que acaben de néixer i que per les raons que sigui no poden ser atesos per les mares o els pares, són acollits per altres dones, quasi sempre infermeres, que els donen la seva escalfor.

El bebè ha deixat de bramar. Sembla que comença a estar calmat.

—El contacte a través de la pell és indispensable els primers minuts de vida —afegeix l'Olívia—. Els nadons necessiten sentir l'escalfor d'una mare, la tendresa, l'afecte...Voldries entrar-hi?

L'Olívia m'assenyala la criatura i acte seguit faig una passa enrere.

—Entrar-hi, jo?

L'Olívia assenteix.

—Sí. Per què no?

El cor se m'accelera i sento una fiblada al pit. Tinc ganes d'arrencar a córrer i...

—No puc, ho sento —dic finalment—. Tinc pressa, una reunió, soc editora, faig tard... Ho sento...

Desaparec pel passadís i em converteixo en runa.

Jhanet

La Jhanet és a la porta d'una escola de rics, amb patis de tarongers bords, pistes de futbol i sorrals plens de nens i cridòria. Ha vingut a acompanyar la mare —encara li costa pronunciar aquest nom, *madre*— a recollir «mis niños, a los que cuido y amo casi desde que nacieron, hija».

Mis niños.

Segons explica la mare amb una important dosi d'orgull, fa sis anys que treballa a la mateixa casa i s'ocupa dels nens, que encara són petits i que s'han convertit en les seves ninetes. Els recull cada dia a l'escola, els porta a jugar al parc, després els du cap a casa i els banya, i els prepara el sopar fins que es fa tard i arriben els pares. «Hola, Eli, com estàs? Quin embús que he trobat, sento arribar tard», es disculpa la senyora o el senyor de la casa. Aleshores ella s'acomiada dels nens i se'n torna cap a casa amb l'energia esgotada. Arriba sempre cap a les nou del vespre, o més tard.

La Jhanet n'està farta, de fer-se sola el sopar. Truita a la francesa, patates fregides, pizza congelada o, en el pitjor dels casos, quatre fulles d'enciam caducat amb qualsevol ingredient que troba al fons del fons del fons de la nevera.

Mis niños.

La Jhanet és a la porta de l'escola —¿qué hacemos aquí, mamá?— i veu com l'Eli parla amb les altres mares amb tota la confiança i la naturalitat del món. Comenten que demà hi haurà excursió i que caldrà preparar tàpers de macarrons i de carn arrebossada.

Fàstic.

Encara no sap què hi fa, aquí. La seva mare l'hi ha demanat, l'hi ha suplicat fa tan sols unes hores.

—Tenemos que pasar más ratos juntas, Jhanet —li ha dit la mare.

—Sí, mamá —ha contestat amb inèrcia.

—¿Qué te gustaría hacer pues?

—Mmm, no lo sé... ¿Ir a bañarnos al mar?

—¿Al mar ahora? Ni modo... Es que todavía hace un poco de frío, así nomás es. Oye, ¿y por qué no me acompañas a recoger a los niños al colegio?

—¿A los niños al colegio?

—Sí, a mis niños —ha dit l'Eli emfatitzant el possessiu *mis*—. Hace muchos años que los cuido y para mí son como familia. Tienen una casa fantástica, ya tú verás. Hazme un favor, mi hijita, vente conmigo y así te los presento.

—Pero y el mar...

—Iremos otro día, hija. Tendremos tiempo de sobra. Te lo prometo.

S'obren les portes del centre i apareixen tot de nens de sis anys, vestits amb l'equipament de xandall. La Jhanet no se'n sap avenir. Tants anys anant a l'escola acompanyada de l'àvia i ara resulta que és aquí, en aquest immens pati ple de tarongers bords, en una escola de rics, esperant *a mis niños*, a qui l'Eli rep amb una il·lusió fèrria. ¿De verdad que me has hecho venir para esto, mamá? Tot d'una surten un parell de nens i la Jhanet veu com l'Eli alça la mà i fa una gran rialla. Són ells: la Sara i el Pol. Bessons. Ella, rosseta i amb els morros empastifats de xocolata; ell amb una baba que li penja del llavi i que li regalima fins la punta de la vamba. Maravilloso, pensa la Jhanet. Qué imagen tan idílica.

Mis niños.

Un desig...

Si pudiera, los exterminaría.

Intenta treure's la idea del cap.

Qué rabia me das, mamá.

—Jhan, vente para acá que te los presento. Mirad, niños, ella es Jhanet, mi hija.

Els bessons se la queden mirant com si no haguessin entès les paraules de l'Eli.

—Però... tu tens una filla?

—¡Claro que tengo una hija! ¡Jhanet! Ahora tiene quince años, pero un día fue pequeña como vosotros. ¿No os había hablado nunca de ella?

No. No existo. No me conocen. Mi madre nunca les ha hablado de mí. *Mis niños* ni siquiera saben que existo.

Obren una tanca metàl·lica i travessen un jardí ple de buguenvíl·lies fúcsies. Al bell mig, una piscina de mida mitjana amb un parell d'hamaques i al fons un jacuzzi impecable. La Jhanet no se'n sap avenir. Ha vist cases com aquestes en algunes pel·lícules de Hollywood, fins i tot en algunes revistes, però mai, mai, mai n'havia trepitjat cap de veritat. «En la piscina y en el jacuzzi no podemos bañarnos», afegeix contundent la mare, mentre passen de llarg i es dirigeixen cap a la casa. «Solo los señores y los niños», afegeix en un to d'advertiment que la paralitza. L'Eli obre amb les claus i entren a una sala de dimensions enormes. Clava una llambregada a la casa i les seves ninetes repassen inquietes el món que l'envolta. ¿Qué hacemos nosotras aquí? Sofàs de cuir, taules de vidre amb centres de flors, quadres que semblen caríssims, una catifa immensa que la remet a algun país exòtic del qual no sap encertar el nom. Marroc? Bangladesh? Senegal? Més enllà, presidint la sala, un tigre dissecat amb ulls de vidre sembla que els observi. La Jhanet sent un calfred al clatell. ¿Un tigre disecado? ¿Qué carajo hace un tigre disecado en medio de la sala?

—Resulta que el señor se dedicaba hace años a la caza —respon la mare amb tota la naturalitat del món.

La Jhanet, sense apartar els ulls de l'animal, es pregunta si també es podria dissecar la mare. Aleshores li faria pessigolles als peus, i li rascaria les cames, i li pessigaria els braços fins a fer-li sang, fins a sacsejar-li les poques neurones que encara li queden.

—El marido es empresario farmaceútico. Y la mujer, nutricionista. Un amor. No sabes cómo cuida y se preocupa de sus hijos.

La Jhanet s'empassa la saliva.

—Pero los más bonitos son ellos dos. ¿A que son guapos? La niña es un bichito, le gusta chivear, lo sé. Pero la tendrías que ver cuando la regaño... después viene a disculparse con una vocecita tan tierna...

Aleshores veu com tots tres es descalcen —l'Eli, la Sara i el Pol— i comencen a jugar a cartes estirats per terra amb coixins de diferents colors. La seva mare riu, acarona la galta de la Sara, eixuga la baba del Pol, estira les orelles de la Sara, torna a eixugar la baba del Pol, ara canten plegats una cançó. Despleguen un altre joc de taula i la seva mare crida:

—Vente, Jhanet, no te quedes ahí como una estatua. ¡Ven a jugar un ratingo con nosotros!

Però ella se'n sent incapaç.

No pot.

Monòlit de sal.

—Que te vengas a jugar con nosotros, hija —torna a insistir la mare.

Però ella contempla el món des d'una distància que en cap moment no li permet interaccionar ni somriure. I no, no, no es treu les sabates perquè de sobte recorda que té un forat al mitjó i això la fa sentir estranyament incòmoda. Ni tampoc s'asseu amb els nens perquè li neix un sentiment remot de gelosia des d'alguna comporta del seu interior. No formo parte de este mundo, es diu reafirmant-se en pensaments confusos. Mi madre sí. Este es su mundo. Sus niños. Su casa. Ándense a la mierda, es diu, amb una bola de fel que li neix de l'estómac. Aleshores es mira el tigre dissecat que sembla que l'observi, i el piano de cua que sembla una estàtua més, i els nens uniformats tot fent un joc de cartes, «T'he matat, t'he expulsat un virus. Estàs mort». I sent que la bola de fel es va fent més i més grossa fins que no li permet respirar. Se'n va cap al lavabo —no puedo, no puedo— i de cop, arggg, vomita sobre la catifa del menjador. Les vambes i el camal dels pantalons es taquen de verd i de restes d'espaguetis i grills de mandarina.

Es fa un silenci llarg i tots l'observen amb ulls confusos.

—¿Pero qué haces, Jhan? —respon la mare clavant-li una mirada d'advertiment—. ¿Cómo se te ocurre arrojar en casa de los señores, eh?

Señores.

Sense comentaris.

Mis niños, es diu la Jhanet.

Mis niños insoportables de mamá. ¡Pequeños jailones!

Natalka

«En espera».

La Natalka clava les ninetes a la pantalla de l'ordinador. És al centre, tancada en una petita sala, amb la gerent Anika al costat dret i el metge Lanur a l'esquerre. Tots tres esperen expectants que els pares contractants es connectin a la sessió de Skype per poder parlar una estona. Són moments de tensió, aquests. Caldrà que es posi la màscara i interpreti el seu millor personatge. Per uns moments se sent com quan treballava a la botiga de cosmètics de Kíev i havia de convèncer els futurs compradors d'adquirir un nou pintallavis o una nova crema de maquillatge. S'enduia una petita comissió que no li donava ni per comprar-se crispetes. Però tot i això intentava somriure, llavis pintats de vermell, cop de cap a l'esquerra, i «El que vostè vulgui, senyora, vingui, que li ensenyo un nou producte. Li asseguro que aquesta crema facial li anirà molt bé. Voldria provar-la?».

Aquesta no és l'única feina que ha fet per malviure. També va treballar venent publicitat pel carrer d'un nou model de cotxe, d'operadora en una companyia telefònica, de recepcionista en un gran hotel, fent menjadors d'escola per un sou irrisori... fins que un dia va conèixer el Vasyl i entre el sou de l'un i de l'altre —mínim, minimíssim— van aconseguir llogar un pis al centre de Kíev. Era lleig, el pis, i petit. Massa car pel que podien pagar els seus dos sous minsos. Però tot i així era un pis per a tots dos. L'inici d'un somni. Fins que en algun moment, no sap quan, aquest somni estrany va començar a esmicolar-se. En quin moment les coses comencen a trencar-se?

S'obre una nova pantalla i apareixen l'Edgar i la Beth, la parella somrient de pares irlandesos que l'han contractada. Ella, la Beth, es mossega la comissura del llavi i ell, l'Edgar, s'afluixa el coll de la corbata en un intent de mostrar-se relaxat i donar un toc de normalitat a l'escena. Es tracta d'un matrimoni benestant, segons la van informar des d'un inici a l'agència. Ella és advocada laboralista i ell, un empresari que es dedica a la construcció d'hotels. Poca cosa més en sap. No es pot ni imaginar els sous que deuen cobrar entre l'un i l'altre ni com deuen ser les seves vides acomodades. La Beth fa l'esforç de saludar-la cordialment —«Hola, Natalka. Com estàs?»— i no pot evitar desviar la mirada fugaçment cap a la seva panxa. Acte seguit s'obre una nova pantalla amb un traductor ucraïnès-anglès que els ajudarà a entendre's durant la conversa. Per sort ella en sap una mica, d'anglès. Prou per entendre's. Tot i així, li costa parlar-hi amb naturalitat, com qui parla del temps o d'un nou model de cotxe. «Pensa que hi ha pares molt pitjors», li va dir un dia la companya Svetlana. «Encara són prou generosos. Que n'hi ha que ni contacten amb tu durant l'embaràs ni et miren als ulls durant el moment del part. Com si fossis bestiar i prou», va afegir la Helen, amb la boca oberta i plena de restes de coca-cola i crispetes.

(Granges de pollastres, plenes de gallines fecundes, amb ous i més ous roents que s'enduen cada dia i que reparteixen com si fossin regals. «Nosaltres som gallines», diuen sempre les noies. Bestiar i prou. Gallines que fabriquen ous de primera qualitat pels quals paguen milers i milers d'euros.)

El traductor acaba d'entrar a la sessió i els diu hola en ucraïnès, tot curt, brevíssim, mantenint en tot moment les formes. Un silenci incòmode s'instal·la a la conversa i tots fan esforços per comportar-se amb naturalitat i forçar algun somriure. Aleshores la Beth enceta una conversa maquinal i s'expressa amb paraules neutres.

—Els futurs pares volen preguntar-te com et trobes, Natalka —li diu el traductor.

—Sí, ja ho he entès. Em trobo molt bé, gràcies —respon ella en un to de veu forçat.

—Tens marejos o nàusees?

—No. Tot bé, tot bé, gràcies.

El traductor ucraïnès altre cop pren la paraula.

—La senyora Beth et vol donar les gràcies per les fotos de panxes que li fas arribar. Diu que són molt boniques. L'ajuden a fer-se una idea de com evoluciona l'embaràs en tot moment.

—Sí, gràcies. *Thank you* —afegeix la Beth.

Ella assenteix i somriu. Maleïdes fotos, pensa la Natalka. Se'n fa a la banyera, al llit, a la sala del televisor, al sofà de casa. I tot per satisfer el caprici de la Beth, la dona adinerada, que viu tranquil·lament a casa, a Irlanda, sense vòmits ni marejos, sense la por del moment del part que fa temps que comença a atemorir-la.

—El matrimoni també et volen dir que els fa tanta, tantíssima il·lusió que sigui una nena. Des que ho van saber que tenen una gran alegria.

La Natalka assenteix amb el cap, amb la cara llisa i reposada. Aleshores es crea un silenci blau i la Beth, la senyora Beth, pronuncia un nou *thank you* fluixet i tot mirant a càmera. La Natalka es posa les mans al ventre en un gest espontani i tot seguit —«Al ventre mai, Natalka»— se les guarda de nou a les butxaques.

La sessió està a punt d'acabar i conclouen que mantindran una altra conversa quan tinguin els resultats de la nova ecografia de les vint-i-cinc setmanes. Demanen a la Natalka que continuï alimentant-se bé —«Ens volen ben grosses, Natalka, inflades com pollastres»— i el traductor li demana que continuï enviant fotografies de la criatura per a la senyora Beth, almenys un cop per setmana.

Tots es diuen adeu, fins aviat, que vagi bé..., quan de cop la Natalka sent un impuls d'expressar-se.

—Voldria fer una pregunta als... —s'empassa la saliva— als futurs pares de la criatura.

L'Edgar i la Beth creuen una mirada d'estranyesa.

—I tant —afegeix el traductor—. Endavant, Natalka, pregunta el que vulguis.

—Voldria saber quin nom han pensat per a la nena. És curiositat, només —afegeix com si en el fons volgués justificar-se.

La parella creua una mirada de —dubte?, desconcert?—, però la Beth de seguida s'esforça a recuperar la calma. Inspira aire, subjecta la mà del seu marit, mostra un somriure artificial i...

—Kate —contesta la Beth—. Sempre ens ha agradat molt el nom de Kate.

Silenci. Ni un «què et sembla?», ni un «t'agrada, Natalka?», ni un «és un nom bonic, oi?». Res. La seva opinió no compta per a res. I de fet potser és millor que sigui així perquè si l'hi preguntessin els diria que el nom de Kate no li agrada gens perquè li recorda a una nena de l'escola que de petita l'odiava. Els seus noms: Lena, Svetlana, Kalyna, Carla..., es converteixen en partícules de pols que es disseminen per l'aire.

Respon un «Molt bonic, gràcies, gràcies», i acaba la reunió amb una cordialitat impostada.

Emma

Al meu voltant, un munt de roba de bebè i de joguines esteses. El món del Max m'encercla, m'angoixa, no em deixa respirar. Fa estona, incapaç de concentrar-me en la feina —qui pot revisar un manuscrit, ara?—, he entrat a l'habitació del nen, del meu nen, a intentar encarar-me a la meva nova vida. He obert l'armari i he vist la robeta de totes les mides i colors: els bodis, els jerseis de llana, els peücs de diferents mides, els leotards blaus i marrons, la manteta del cotxet lila que em va regalar la mare... He agafat un jersei vermell i l'he ensumat com si esnifés una ratlla de coca. Tot cap dins. La seva olor, el rostre evocat, les primeres paraules.

La mirada imaginada del meu fill.

A continuació, me n'he anat a la cuina a buscar una cervesa —una no, va, dues— i me n'he tornat cap a l'habitació. He begut i observat la robeta preguntant-me què collons estic fotent aquí.

La meva vida.

Quin sense sentit.

Durant els últims anys he viscut centrada amb un únic objectiu: la maternitat. La maternitat idealitzada. Fins a aquest moment en tenia d'altres, d'objectius: buscar parella, les relacions que no funcionaven, els viatges a l'altra punta del món, els estius amb les amigues i sobretot l'editorial, el projecte compartit amb el Xavi, l'amic de la facultat, el soci responsable amb qui sabia que podia confiar. I si ens associem, Xavi? Tot plegat va ser més fàcil del que m'esperava. Anys picant pedra en altres editorials ens havien ajudat a conèixer de prop el negoci. Tracte amb els autors, *editing* dels textos, buscar cobertes interessants, elaborar una bona campanya de màrqueting i de comunicació. «Fem una editorial, Xavi?», li vaig proposar un dia. Ell encara hi va afegir: «Jo tinc fills, m'agraden els àlbums il·lustrats, em passo el dia explicant contes als meus fills, aquest és el meu món, Emma». «Doncs jo ara no tinc fills però espero tenir-ne algun dia, Xavi. Així que sí, fem-nos coneixedors d'aquest gènere, que a més es pot traduir i vendre a l'estranger, i de passada podrem explicar els contes als nostres fills». «T'ho imagines, tenint-los com a petits lectors d'algun club de lectura en el futur, Emma?».

(Imaginació recurrent: En Max i jo, ell assegut a la falda, el conte de *La bruixa* damunt les seves cames i... veus aquell gegant que hi ha aquí dalt, Max? I la bruixa? T'agrada la bruixa? I la carretera que es doblega i es converteix en una escombra gegant? Petita esmena: El Max ja no tornarà mai, mai, mai. Deixa de pensar en aquestes coses, Emma. El Max és mort. Mort. Encara que ningú no vulgui pronunciar aquesta paraula.)

Faig un nou glop de cervesa i em deixo transportar per pensaments diversos. De cop miro de reüll el Tinder. Estàs fatal, Emma, fatal, em dic. Un noi, un tal David, a qui vaig likejar l'altre dia, ara resulta que m'envia un missatge i... Hola. Com estàs? Vols que parlem? Estàs molt guapa, en aquesta foto. Deixo estar el mòbil i faig un nou glop de cervesa.

Durant anys, l'editorial va ser el meu únic propòsit. I alçar-me cada dia i no parar de treballar —que si fires, que si presentacions en llibreries, que si clubs de lectura amb autors i il·lustradors—. Tot això va ocupar, sense adonar-me'n, els anys més importants i decisius de la meva vida. I el cas és que un dia em vaig preguntar: m'agradaria tenir un fill? Ja en tinc trenta-vuit. I sí, diria que vull ser mare. Aleshores vaig començar a lluitar contra el món i la meva pròpia natura, i la idea de la inseminació, i la gent que em mirava de reüll i em qüestionava. Però tu sola? Mare? N'estàs segura? I durant l'embaràs, què faràs? Amb qui et recolzaràs? I el moment del part? Ja te'n sortiràs amb la criança, tu tota sola, Emma?

Nou glop de cervesa i avall. Em miro de reüll el Tinder i penso que les fotografies del noi no estan gens malament. Sembla alt, atractiu, corpulent; li agrada llegir i el cinema. Això, ho diuen tots per quedar bé, esclar. Tòpics i més tòpics. Amplio una de les fotos i el desenfoco per convertir-lo en un petit monstre. Ulls verds color de palmera, barbeta de quatre dies, mirada intel·ligent... o això sembla. Per què no intentar-ho? Per què no sortir d'aquesta tristesa fonda? Abandono el mòbil i prometo no pensar-hi més. No, tu ara no tens el cap per a això, Emma. Tu tens el cap en altres coses.

Fins fa poc la mort no formava part en cap moment de la meva vida. *Mare* era una paraula bonica amb olor de llençols nets i de melmelada de poma. Mares amb fills a l'escola bressol, mares donant el pit, mares dormint amb el nadó en braços, mares nedant amb els fills, fent pícnics amb els fills, arrossegant orgulloses el cotxet pels carrers transitats de Barcelona, perquè els bessons són nen i nena i resulta que el nen va néixer primer, però tots dos es porten de meravella, i... no heu vist quin cos més bonic i esvelt que tinc? Ja estic recuperada, noies, que això no és res. I és que soc tan, tan, taaaan feliç.

Doncs no. La cosa no va així. Avui tinc la panxa plena de bonys i els pits que m'arriben gairebé a terra.

La mare: «No passa res, carinyo. Ho tornaràs a intentar».

Les amigues: «Jo en conec una a qui també l'hi va passar».

La germana: «Oblida-ho. D'aquí a un temps ni te'n recordaràs». (Aquesta frase cou i pica i sagna.)

Nou glop de cervesa i... començo a emborratxar-me. No sé per què em trec de la butxaca la targeta de la tal Olívia, perquè ens veiem cada dijous a les set de la tarda, Emma. Si t'ho repenses ja saps on som. Ep! Un nou missatge? De tal David del Tinder? «Si vols podem quedar algun dia per xerrar i prendre una birra. Què et sembla? Et ve de gust, Emma?». Decideixo no contestar i faig un sant Hilari de cervesa. Quantes en porto, ja? Sis? Set? Bec sense contenció com quan tenia vint anys i em fotia de tot i no em preocupava el meu rellotge biològic. Ensumo fort el jersei del meu petit entre partícules d'irrealitat i tristesa. El meu nen s'ha fos, com el fang; s'ha dissolt a l'aigua. El meu fill imaginat. Per què te n'has anat tan d'hora?

Alço la mirada i veig la mare al llindar de la porta. Em pregunto quant fa que és aquí, quanta estona fa que m'observa. Per un moment em veig a mi mateixa des de fora envoltada d'un cercle de joguines, robeta i llaunes de cervesa. La imatge em resulta patètica.

—Què fas, filla? —em diu mentre juga nerviosa amb les claus.

Per uns moments em quedo en blanc, no sé què dir.

—No m'agrada que entris sense avisar. Podries haver trucat, mare.

Es guarda les claus a la bossa.

—Trucar? Mira el mòbil i hi veuràs més de vuit missatges meus.

Penso que potser té raó. Els missatges de la mare que evito, el manuscrit de la capsa dels records alegres esperant-me a sobre de la taula, els iogurts caducant-se dia sí dia també a la nevera. Què fots amb la teva vida, Emma?

—Filla, això no pot continuar així —prossegueix la mare—. Què hi fas, ficada a l'habitació amb tota la roba del nen per terra?

—Estic bé, mare, no et preocupis.

Fa que no amb el cap i se m'acosta.

—Estàs borratxa, Emma?

—Què dius, mare!

Em surt un què dius poc convincent i amb veu feble.

—Els teus germans també m'han dit que no respons a les trucades. Ni a ta germana, que prou enfeinada va amb els nens, ni tampoc al teu germà, que per cert, ja ha trobat feina. Tu ja treballes?

—Sí, mare, la feina l'estic fent des de casa.

Arrufa la cella esquerra.

—Sort que com a mínim estàs treballant, nena. Escolta, sé que tot això que estàs passant és difícil, però t'ho has de treure del cap, em sents? Ja passarà. Tu escolta'm, filla...

Aleshores la mare —no, mare, sisplau, això no— comença a fer-me una exposició detallada de quins han de ser els passos que he de seguir si d'aquí a un temps en vull tenir un altre. Hi apareixen conceptes soterrats com ara oblidar, deixar passar, no pensar-hi gaire, o els futurs quaranta anys que estan a punt de complir-se. «I és que t'has de donar certa pressa, filla. Perquè, ho vulguis o no, les dones no tenim tot el temps del món. I no és com els homes, que amb vuitanta anys, si ho volen, encara poden tenir fills. Però a nosaltres no, que això se'ns acaba. Va, bonica, que tot això passarà quan en tinguis un altre».

Tenir-ne un altre.

Em miro amb tristesa el bressol i la robeta que he escampat atzarosament per terra. A continuació agafo una cervesa i me l'acabo d'un sol glop desafiant la mare.

—Escolta, filla, he decidit que m'instal·laré un temps aquí a viure amb tu.

—Què? —m'indigno—. No. No cal, mare.

—Emma, filla, tu no estàs bé. Això no funciona. —Es mira altre cop la robeta del nen i—: Au, recollim tot aquest desastre.

La disputa és lenta, etèria, inaudible.

Tot just comença.

La mare.

Jhanet

La Jhanet està asseguda en un despatx d'institut, la galta sobre el palmell, la respiració pausada, les cames encreuades. Es mou amb incomoditat i mira al seu voltant, inquieta, intentant desxifrar els detalls que l'envolten. Despatx d'institut, la mare al costat, el seu tutor, l'Èric, al davant, observant-la. Es pregunta per què la deuen haver citat i no n'obté cap resposta. O sí, potser sí. Tot i que no hi vol pensar, encara.

—M'alegro de conèixer-la, senyora... Blázquez, oi?

—Sí. Elisabeth Blázquez.

La Jhanet pensa que és la primera vegada que veu la seva mare —la ingènua de la seva mare, la poc cultivada de la seva mare— asseguda davant d'un tutor d'institut. Fins ara les notes les comentava amb l'àvia, la seva autèntica *mamita*, la dona que l'ha cuidada sempre, incondicionalment, fins i tot quan el pare va desaparèixer.

El tutor consulta alguna informació a l'ordinador mentre branda el cap a banda i banda. S'endú les mans a la barbeta i s'escura la gola. Es churrísimo, pensa la Jhanet. Me gustaría marcarme un buen juego de caderas como hago con todos los chicos que me gustan. Concéntrate, Jhan, concéntrate. Ahora no es el momento de pensar en sexo. Estás acá, en Barcelona. En este instituto lóbrego.

El tutor pren la paraula.

—La Jhanet no ha començat el curs amb gaire bon peu —diu el tutor adreçant-se a la mare—. Aquí hi tinc apuntades vuit faltes. Vuit dies que no ha vingut a classe.

—Pero... —L'Eli es mira la filla amb ulls d'incertesa—. ¿Eso has hecho, mi hija?

La Jhanet abaixa el cap.

—L'hem avisat per correu, però potser vostè no ho ha vist —afegeix el tutor.

—No, no, perdone...

¿Cómo quiere que mi mamá haya visto nada?, pensa la Jhanet. Ella està sempre cuidant de *mis niños* i es passa el dia fora de casa. Encara és hora que li dediqui un dia sencer, una estona, una conversa una mica decent. ¿Algún día iremos juntas al mar, madre?

—Respecte a les notes, també veig que ha suspès algun examen.

La Jhanet torna a abaixar el cap. Es fixa en la punta de la punta de la punta de la punta de les vambes.

—Així que és important que redrecem tant com sigui possible aquesta situació, Jhanet. Redreçar, m'entenen què els vull dir? Reconducir la situación...

—Le entiendo, sí —contesta l'Eli.

—I tu què hi dius, Jhanet? —pregunta el tutor a la noia.

—Sí, de acuerdo —respon la Jhanet fixant la mirada a les rajoles.

—Per començar, els proposem que assisteixi a unes classes de català. És important que aprengui la llengua, que això no es converteixi en un obstacle. Són gratuïtes —aclareix el tutor—. Vostè no haurà de pagar res, no es preocupi.

—Ah, perfecto.

—I, sobretot, el més important és que canviem una mica aquesta actitud. He parlat amb alguns professors i creuen que la noia, que tu, Jhanet, tens talent, sobretot amb les matemàtiques. I ets llesta, d'això ningú en té cap dubte.

—Pues claro que mi hija es lista. Es muy, muy lista.

La Jhanet es mira la mare preguntant-se d'on treu aquesta informació tan errònia. Notes, exàmens, informes, funcions escolars, ella no hi ha estat mai. Sempre esperant-la, la cadira buida, les ganes irrefrenables d'abraçar-la, i de poder copsar-ne de nou l'olor. L'olor que deu fer una mare. «Mi madre no está, no ha podido venir, volverá pronto, dice que este verano, que quizá, que está haciendo trámites para llevarme con ella algún día a España».

—Amb una bona actitud i reforçant una mica les matèries, estic segur que redreçarem aquesta situació —conclou el tutor Èric—. Però ens hi haurem de posar, eh, Jhanet?

Les dones s'alcen i el tutor les acompanya fins a la porta. La Jhanet surt al passadís, però sent com l'Èric encara parla amb la mare.

—Sobretot, vigili les companyies de la seva filla. Hi ha alguns nois repetidors de l'institut... en fi, vigili.

—Sí, claro.

—Qualsevol cosa que necessitin poden enviar-me un mail o trucar-me, d'acord?

—Gracias.

Surten al carrer i la Jhanet veu com l'Eli l'observa amb ulls plens d'incertesa. Sembla que està a punt de vomitar alguna paraula, però finalment recula i es fa enrere.

Baixen carrer avall i es perden entre una riuada de gent que es converteix en pedra. Gent que va a treballar, gent que entra i surt, gent que forma part d'un decorat compartit però que no tenen res a veure amb elles. *Porque en el fondo no le importamos a nadie*, pensa la Jhanet.

Són invisibles, anodines, dones anònimes.

Hores més tard, s'asseuen totes dues en un banc d'un parc i comparteixen un entrepà de Nocilla. La filla no mira la mare i la mare tampoc no es mira la filla. Resten en silenci una estona llarga. Engrunes de pa cauen a terra i es barregen amb restes de fang i de pols i brutícia. Un colom s'apropa i picoteja una molla. La Jhanet li clava un cop de peu i l'animal fuig tot batent les ales. Mare i filla es miren un instant i sense voler se'ls escapa un somriure. *En Bolivia también hay palomas*, pensa la Jhanet. I lloros, i garses blanques, i paons reals, i algun tucà, i tants i tants ocells que aquí encara no ha vist mai i que li semblen del tot irreals, com animals de somni. Està a punt de dir que vol tornar-se'n cap a casa quan l'Eli se li apropa i li fa una abraçada.

Tan sols una abraçada.

Una.

Una abraçada al monòlit de sal.

Fa olor de molsa? De fusta? De regalèssia? Quina olor fan les mares?

Tanca els ulls i inicia un viatge... Quatre anys. Ciutat de Cochabamba. És incapaç de recordar amb precisió alguns passatges de la seva infantesa, però el que recorda ho fa amb una força palpitant. Una esgarrapada al coll de la mare. Un núvol gris amb vetes fúcsies. Piruleta de maduixa als llavis. Olor de fusta i regalèssia. I una cançó preciosa cantada a cau d'orella. Què deia la lletra? Aleshores recorda que la mare va alçar-la i va tornar-la a deixar a terra en la mateixa posició on era. Va dir-li alguna cosa així com ara «Adiós, Jhan, tengo que irme por segunda vez», i va marxar lluny, ben lluny, donant un cop de porta seguit d'un silenci. Aleshores va sentir el brunzit d'una mosca, els ulls clavats a la finestra, una figura minúscula allunyant-se per un camí estret i ple de pols... i després els plors, i el silenci a casa, i el «Ándate a jugar a tu habitación, Jhanet, venga, no molestes». Però l'olor de fusta, mango i regalèssia de la mare continuava apoderant-se de la casa com si fos un espectre. I ella patia i plorava per dins, esgarrapant-se els braços, abraçada a l'àvia. ¿Mi mamá estará tanto tiempo sin volver a venir, mamita? ¿Por qué no puedo irme con ella? ¿Cuántos años tardará esta vez? ¿Y mi papá? ¿Por qué ya no vuelve mi papá?

—¿Cómo era la letra de esa canción que cantabas, mamá? —diu la Jhanet tot d'una.

—¿Cuál?

—La que me cantabas de chiquita. Antes de marcharte. Antes de que...

—Dice así, mi hija... —I l'Eli, amb la veu trencada: Disgustos, motxilles, paraules que s'emporta el vent... comença a cantar amb un fil de veu:

Una tarde fresquita de mayo
monté mi caballo y me fui a pasear
por la senda donde mi mamita,
graciosa y risueña, solía pasear.

—Ya está bueno, mamá. Da igual, déjalo pues —diu la Jhanet—. La canción no es como yo la recordaba.

Natalka

La Natalka obre els ulls i sent una sensació estranya, d'urgència plaent, de petits insectes rondant-li la panxa. El ginecòleg Lanur li fa l'ecografia de les vint-i-cinc setmanes «perquè cal assegurar-nos que la criatura està bé i... pots abaixar una mica més el cul, Natalka?».

La Natalka intenta respirar fondo i deixa el cos inert, tal com està avesada a fer. La seva panxa s'ha convertit en recipient, en contenidor, en una protuberància que ha acabat sent una mena d'annex del seu cos; el seu cos feble. Relaxa les cames i fixa la mirada a un punt indefinit de la paret.

Paraules greus li ressonen dins al cap:

«Vine».

«No respiris».

«Gira't una mica».

Tot d'una, el rostre del ginecòleg canvia d'expressió i parla a la infermera en un to greu. «Eps, aquí... Amplia la imatge i... a veure? Això no es veu gaire bé. Aquest cor? Sí, sembla que tot va bé. Espera't uns segons, Natalka. Això s'ha de mirar bé». La Natalka continua amb els ulls fixos en un punt indefinit de la paret intentant triar els detalls que la fan transportar-se a realitats diverses: el dinar d'avui, la conversa amb les amigues de la granja, la migdiada al sofà, el plat de maduixes amb nata que sap que l'està esperant a la cuina, el darrer documental que ha visionat amb les amigues sobre una plaga de llagostes de l'Àfrica.

De cop, sense adonar-se'n, la petita sala es comença a omplir de gent amb rostres de vidre i somriures fal·laços. Hi ha la gerent de la clínica, la infermera Marina, l'assistent d'infermeria Natasha... Tots encerclen el seu cos, sense treure els ulls en cap moment de la pantalla. Opinen, parlen, comenten una imatge que segons diuen no es veu gaire bé i que «caldrà que analitzem amb més detall per assegurar-nos que no hi ha cap problema».

Altre cop les paraules ressonen dins del seu cap: «Respira».

«Gira't».

«Treu aire».

De cop, sense demanar-li en cap moment permís, algú prem un botó i se senten els batecs d'un cor que comencen a inundar la sala. La Natalka sent una fiblada al pit. S'incorpora. Es tracta del cor del bebè, el seu bebè, un cor que batega amb força i que xiscla, i brama, i demana auxili.

—Haurem de practicar-li un ecocardiograma —diu el metge Lanur, parlant amb la infermera Marina—. Demana hora per a la setmana que ve, sisplau. I digue'ls que és urgent.

La Natalka s'angunieja.

—Passa res, doctor?

—No... segurament tot va bé. La criatura avui no es veu gaire bé. Sembla que no ens ho posa fàcil —I canviant el to, per treure-hi ferro—: No deu ser res, segur. I d'això sobretot no en diguis res als pares...

Més tard, mentre és a l'habitació que comparteix amb les altres parteres —Svetlana, Helen, Carla, Moni...—, la Natalka enfonsa la galta al coixí i intenta no pensar en res que pugui amoïnar-la. Però tot i fer esforços per no pensar en res, les converses se succeeixen al seu voltant i s'entrellacen com si fossin els fils d'un cometa. Les companyes riuen, mengen gelat que s'han endut de la cuina, comenten anècdotes divertides i es fan farts de riure. Sense voler totes elles han construït una gran i única família amb qui poden compartir fragments de les seves vides. Aquí s'hi sent molt més a gust que amb el Vasyl, el seu home, a qui darrerament veu cada cop menys per por d'haver de viure una escena virulenta. Es pregunta què passarà amb totes elles un cop hagin parit i les seves vides canviïn. No es veuran mai més, pensa, segur que es perdran la pista. És clar que, d'altra banda, sent que les uneix un lligam que només elles són capaces de comprendre. Un lligam invisible construït amb mirades, picades d'ullet, mans a les butxaques, tardes avorrides al sofà mirant documentals i converses còmplices fins ben entrada la matinada. La gent no les entén, diu tot sovint la Svetlana. I en part té raó. Ni les seves germanes —que no saben el que està fent— ni algunes de les seves amigues a qui ha decidit no dir-ne res no entendrien mai, mai, mai que s'hagi convertit en ventre. Vergonya? Acceptació? Culpa? L'esquitxa la imatge d'una dona trencada.

—Sabeu què m'han explicat? —diu ara la Svetlana, asseguda fent l'indi sobre el llit—. Es veu que una noia que era ventre de lloguer, com nosaltres, va parir bessons per a un matrimoni adinerat d'Itàlia. El cas és que un dels bessons va néixer perfectament bé, la nena, mentre que el nen va néixer amb síndrome de Down.

—Hòstia... —una veu.

—Sabeu què va passar?

—No. No m'ho diguis...

—Doncs sí. Es veu que el matrimoni es va quedar només amb la nena i va abandonar el nen.

—Però què dius?! —crida la Carla.

—S'ha de ser fill de puta.

—I sabeu què és el pitjor, noies? Es veu que aquestes criatures que no vol ningú acaben passant d'orfenat en orfenat i moltes acaben morint de tristesa.

—Buf, jo quan tingui un fill meu me l'estimaré passi el que passi.

—Jo el meu fill també el cuidaré sempre.

—I jo.

—Un fill? Buaaah, jo no en vull tenir cap, de fill —pronuncia la Helen menjant-se una cullerada de gelat de vainilla—. No n'esteu fartes, de tants marejos i nàusees, noies?

Somriures i gelats, confidències i llençols, vigor i calma.

Dues setmanes més tard torna a ser estirada en una llitera amb les cames rígides i una sensació creixent d'incertesa. Al costat, el Lanur i un cardiòleg pediàtric que fins ara no havia vist mai parlen i estableixen un diàleg inquietant de ninetes. El somriure plàcid del Lanur es converteix en un somriure agre fet d'auxili i carn i femtes. Hi ha tensió a l'ambient, silencis que s'allargassen, un fred creixent que li gela els dits dels peus i que la fa sentir encara més despullada. La Natalka es pregunta què deu estar passant i per què no és capaç d'obtenir respostes. Voldria preguntar. Què passa? Què té? Tot bé? Però les intencions se li encallen al coll fent una barrera de ciment i ferro. Busca un punt on fixar la mirada i evadir-se del món per alguna escletxa imaginada. «Aquí tenim el ventricle esquerre», diu el cardiòleg pediàtric que fins ara no havia vist mai. «Tu com el veus? Amplia la imatge. Sí, és el que ens temíem. Quants mil·límetres fa? Ho mesures?». La Natalka comença a sentir uns mots que la inquieten i no encerta a comprendre. Vàlvula, ventricle esquerre, flux de sang, nivells d'oxigen, artèria aorta, estenosi aòrtica, conducte estret, massa estret, flux de sang, sang, sang, sang, sang, sang, sang, sang, sang.

Ets boja, es diu la Natalka. Ets boja d'haver fet això.

Aleshores fa un crit amb tant d'ímpetu que sense voler s'acaba desinflant.

Emma

Reviso el manuscrit amb el cafè fumejant damunt la taula. Evito la pàgina 53. No puc. Mitja novel·la amb el fill viu i mitja novel·la amb el fill mort. Aleshores truco al Xavi i li dic que si tu pots quedar amb l'il·lustrador nou t'ho agrairé molt, Xavi, que avui no estic gaire bé. Un silenci feixuc. «Però què passa, Emma? Vols agafar-te un temps per descansar? Ei, que de fet tu no has tingut ni baixa laboral. I això no és just. No creus que t'aniria bé agafar-te un temps i descansar una mica?». «No, no, tranquil. Senzillament és que avui no em trobo gaire bé». «Escolta, Emma —una pausa i dos estossecs més tard—. Per què no vens un dia d'aquests a casa a sopar amb mi i amb la Marga i de passada veus les nenes, que no em paren de preguntar per tu?». «Perdona, Xavi, em pots deixar de parlar a totes hores de les teves putes nenes?».

Estic insuportable, irascible, de mala llet. De converses com aquestes —en què em desboco, m'irrito, m'emprenyo— n'he tingut unes quantes darrerament. Així que el meu humor de gos m'ha apartat del Xavi, de les amigues que em truquen a totes hores, dels consells de la mare, que no para de treure la pols amb l'aspiradora i de xiuxiuejar a tothora una cançó.

—Et faria res no fer tant soroll, mare? Estic treballant.

—Ai, perdona, Emma, com que tens aquesta feina tan bohèmia en què treballes a casa...

Inspiro una calada amb tocs de placenta amarga. Darrerament he tornat a fumar. Cinc, set, deu cigarrets al dia.

—Sí, mare, treballo des de casa, però estic treballant com si fos en un despatx. Ho entens?

—I no t'aniria millor, per assegurar-te un coixí econòmic, dic, buscar-te una altra feina més estable?

—Què dius, mare?!

—Ja ho sé, filla, que a tu et va l'aventura i tot això. Però no trobes que això de l'editorial és molta feinada? Vull dir: tu has vist la quantitat d'hores que arribes a treballar des de casa?

—Aquesta feina em fa feliç, mare.

—Això és veritat. Però mira la teva germana. Des que va trobar una plaça fixa a l'Ajuntament que està més contenta que mai. I a sobre té temps per cuidar-se de... —la mare recula: els fills.

—La Clàudia i jo per sort som diferents.

—Sí, ja ho sé, i tu ets creativa i tot això. Però no ho sé, em fa por que aquesta feina que fas t'acabi consumint. El temps és el temps, nena, i a tu precisament, de temps, no te'n sobra...

Altre cop els maleïts quaranta. Gràcies, mare.

Condueixo per inèrcia sense saber exactament on anar. Avingudes, semàfors intermitents, teranyines d'asfalt impossibles. El temps s'estira i jo soc aquí sense rumb ni càlculs temporals de cap mena. Penso en tots els morts de la família dels quals mai no es parla ni s'ha parlat mai. Quan el pare va morir de l'ictus, fa més de quinze anys, la mare va decidir callar i apuntar-se a uns cursos de ioga. Més tard van arribar els cursos de meditació *mindfullness* i els viatges amb les amigues, que si Roma, Noruega, Escòcia... i aquells discursos que «a la vida cal estar actiu, nena, i el més important és no parar en cap moment. Perquè quan pares, aleshores estàs mort, Emma, mort. El cap se't dispara. Els ossos i els músculs se t'atrofien. I pots caure en una depressió d'aquelles com la que va tenir la Puri, la dependenta del forn de pa, que fins i tot va acabar ingressada. Oi que m'entens de què et parlo, nena?».

Mentre no se'n parli no existeix (diuen).

Els silencis han estat sempre la tònica a casa, i les altes dosis d'activitat física, actuar per no pensar, parlar i parlar de qualsevol tema per no haver d'enfrontar-se als grans dimonis. I el pare mort i enterrat, i les fotografies desades, i la roba donada a Càritas, i l'anell de casament sepultat entre capses i més capses plenes de teranyines i pols. T'estimo tant, pare. Em pregunto què diries tu d'aquest fill meu que ara és mort. O potser encara és viu. Viu dins del meu record. Si el veus allà on sigui, cuida'l, pare.

Mentre no se'n parli no existeix (diuen).

Al cap d'una estona arribo a l'hospital. Aquest cop no vinc a veure el doctor March, no. Vinc xuclada per una mena d'imant que m'ha arrossegat fins aquí, fins a un dels llocs que d'alguna manera m'apropen a tu, Max, a la nostra història.

Obro la porta d'una sala amb el pols insegur i tremolós. Un cop de vent m'espetega a la cara. Parpellejo, esperant que les pupil·les em deixin veure amb claredat l'escena. Davant meu, tot de dones assegudes en cadires formen un cercle concèntric. Al bell mig hi ha l'Olívia, la joveneta amb la mirada de capvespre que em va convidar a venir a les sessions. Les observo a totes des de la distància i em pregunto què hi faig exactament, aquí. «Et dono igualment la meva targeta. Ens trobem cada dijous a les set de la tarda...», «Som un grup de mares i pares que hem viscut l'experiència de perdre un fill i que volem compartir-la». Clavo una llambregada a les dones —galtes toves, parpelles mig closes, bosses violàcies sota els ulls— i penso que ha estat un error venir. No, jo no soc una d'elles, em dic aferrant-me com puc al llindar de la porta. Les dones alcen els caps i m'observen atentes i amb les pupil·les enceses. Les mares monstruoses en potència, les batejo a l'instant. No suporto l'autocompassió, el victimisme, l'anem a parlar dels nostres drames que entre totes plegades ens sentirem una mica millor.

—Hola, Emma —em diu la jove Olívia regalant-me una rialla amable—. M'alegro molt que hagis vingut. Vols passar?

Em pregunto què hi fa una noia tan jove —vint-i-set, vint-i-vuit anys?— en un grup de dol perinatal en comptes d'estar follant a qualsevol lavabo d'una discoteca. La seva joventut em resulta enigmàtica. Em pregunto si arrossega algun passat traumàtic que la faci estar-se aquí en comptes d'estar vivint amb plenitud la vida.

—Endavant, seu —m'assenyala una cadira buida—. Benvinguda a les sessions. L'Amaia ara ens estava explicant la seva història.

Em fixo en la suposada Amaia, una noia d'uns trenta i pocs anys amb la cara llisa i pausada, indòmita. Totes l'escolten amb una atenció desmesurada. Sec a la cadira que m'han adjudicat i em disposo a escoltar la conversa.

—Res, com us deia... vaig tenir un avortament als tres mesos i mig. Sí, ja sé que la majoria de gent diu: «Un avortament als tres mesos i mig? És normal, no passa res, els passa a moltíssimes dones». Però jo, què voleu que us digui, al meu bebè no me'l trec del cap. I ja està. I per més que hi pensi... —s'empassa la saliva—, a totes hores penso que si algun dia em torno a quedar embarassada pariré una altra criatura morta. Com si de dintre meu no en pogués sortir res de bo. Res.

Silenci. Cap consell per part de l'Olívia. Ni un

sol «Tranquil·la, no passa res, segur que no serà així...», res. Tan sols una mà que li atansa un clínex i ella que respon un gràcies fluixet, i s'eixuga una llàgrima.

Les mares monstruoses en potència, em reafirmo de nou.

Ara una dona d'uns quaranta i pocs anys s'escura la gola i pren la paraula. Em fixo en els seus ulls color de pa, el coll llarguíssim, les cames fetes de mantega que semblen que en qualsevol moment hagin de desfer-se.

—La meva filla va néixer als nou mesos. Estava parint, tot anava bé. De cop, en plenes contraccions, vaig veure la cara dels metges i... —agafa aire—, de seguida em vaig adonar que alguna cosa no anava bé. Aleshores m'ho van dir. «Hem de treure-la ràpid, sembla que no respira».

Els budells se'm contreuen i serro les dents.

—Aleshores vaig sentir que el meu món se n'anava a la merda. Què volia dir que no respirava? No, merda, no, allò no podia ser.

El relat m'incomoda i no paro de tocar-me les mans. Premo els punys, m'esgarrapo els dits, em faig repelons amb filets de sang i carn.

—La sala de parts va quedar en silenci i vaig veure que els metges i les metgesses es miraven entre ells d'una manera estranya.

—Em sap molt greu... —li diu una companya del grup, agafant-li una mà amb tendresa.

—En aquell instant ho vaig saber. Vaig saber que la meva filla havia mort.

M'alço de la cadira incapaç d'aguantar ni un minut més el numeret pornogràfic. No, no puc. Les mares monstruoses en potència. Odio el victimisme, la falsa camaraderia, la gratuïtat dels sentiments portats fins a l'extrem. La pota de la cadira grinyola —maleïda cadira, no em facis quedar malament— i trenco el silenci interrompent el moment climàtic de l'escena.

—Ho sento —els dic assecant-me una gota de suor que em comença a lliscar pel front—. Ho sento. Me n'he d'anar. Tinc pressa. Ho sento. M'han escrit de la feina i...

Minuts més tard, obro el pom de la porta i entro a l'habitació del Max, la del meu fill, color de cala. Agafo un martell i començo a desmuntar el bressol amb fúria. Ara una pota, ara una altra, ara aquest puto clau que no vol sortir, hòstia. Colpejo la fusta i em clavo una estella al dit que em fa sortir un fil de sang com una serpentina. Entra la mare amb l'aspiradora a la mà i se'm queda mirant amb rostre de cera.

—Què et passa, filla?

Me la miro amb els ulls incendiats.

—Què em passa? De debò vols saber què em passa? No, oi? No ho vols saber? Doncs surt de l'habitació, hòstia!

Jhanet

La Jhanet es perfila els llavis d'un vermell sang que s'esquitxa amb puntets de purpurina. És atractiva i ho sap. Pits petits i rodonets, mugró en forma d'avellana, malucs generosos que atreuen les mirades dels nois, sobretot del Juan Carlos, el noi dominicà que li agrada. Mentre s'observa el cos al mirall es pregunta si alguna vegada la mare també devia ser tan bonica. La mare, aquesta dona anomenada Eli que ara sembla una pansa arrugada i desgastada pels anys. Quin frau. I pensar que de petita la recordava com la dona més guapa i més generosa del món. La mare que vivia a Espanya. Sovint ella i l'àvia agafaven l'àlbum de fotos familiars i repassaven les fotografies una per una. La mare amb ella en braços, la mare somrient a càmera, la mare amb la crinera negra i els llavis molsuts, la mare dient-li paraules boniques sobre un fons de globus de colors. Però resulta que la mare que ha redescobert és una mare envellida i feble que es dedica a cuidar «amb tot l'amor» els fills d'uns altres. La Sara i el Pol. Que els donin pel sac, a aquests dos bessons que tenen doble ració de mare. Si pogués els rebentaria. Això mateix, els exterminaria. Els esquarteraria i se'n menjaria els caps i els budells. I a sobre la mare li ha demanat que se'ls estimi una mica... Il·lusa. Un nou toc de purpurina i... Ha agafat les claus de casa perquè, segons li ha dit la mare, amb un deix d'admiració, «este fin de semana la familia se ha ido a desconectar a un pueblo de la playa». A Cadaqués, li sembla que es diu, el lloc. Tant és. Se'ls imagina a tots d'uniforme, blancs i rossets, sense cap mena de tara, desfilant en fila índia i pujant tots plegats dalt d'una puta barca. «Oh, quin mar més bonic, ens llancem tots a l'aigua i nedem una estona?». «Espera, que primer obriré una ampolla de cava i brindarem tots plegats per la felicitat. Perquè som feliços, oi, nens? Oi que som feliços?». No como nosotras, mamá, que somos unas desgraciadas y pobres como ratas. «Lluíííííss», criden tots plegats mentre somriuen a càmera.

Al cap d'uns minuts, ella i la cosina Mary caminen per un carrer transitat de la part alta de Barcelona. Cigarret a la boca, minifaldilles per damunt del pubis i ganes de menjar-se el món, mantenen una conversa.

—A mí me gustan los pichis de tamaño mediano o gruesecitos. Esos son los que me dan más gusto.

—Pues a mí me encantan las pollas de los españoles —afegeix somrient la Mary—. Ah, y las de los negros. ¿Alguna vez te has follado a un negro?

—No. Nunca.

—Pues no te lo puedes perder por nada del mundo, tía.

—¿Cómo es? ¿Cómo es?

—Te corres de placer en cinco minutos, Jhan. Te juro que es la hostia.

—Pues yo... —improvisa la Jhanet— en Bolivia hice algo que si te lo cuento fliparás.

—Sorpréndeme pues.

—Un trío. Con dos tíos: mi primo y un amigo suyo que estaba buenísimo.

—¿Me estás diciendo que te follaste a tu primo, tía? Yaaa, acaso...

—A él y a un amigo suyo. Los dos estaban buenísimos. Íbamos borrachos y una cosa llevó a la otra. Acabé como un pollo al horno, tía, corriéndome de gusto y diciéndome a mí misma que era lo mejor que me había pasado nunca en la vida.

La Jhanet s'encén un cigarret i fuma, i menteix obertament dient que el trio va anar tan i tan bé, perquè en el fons sap que no va fer cap trio, que el seu cosí l'hi va proposar però ella va dir que no, perquè en el fons es va espantar, tot i que en aquell moment no tenia a ningú a qui explicar-ho. Aquestes coses s'expliquen a les mares? No, creu que potser no. O potser sí, que s'expliquen a les mares. Qui sap. A la seva mare no li ha explicat mai res perquè senzillament no hi era. Ni l'atac de timidesa que va tenir als cinc anys fent de protagonista a l'obra de teatre de l'escola, ni el moment que va tacar de sang la cadira de classe quan li va venir per primer cop la regla, ni les papallones a l'estómac que va sentir per primer cop —als deu anys?, onze?— quan es va enamorar d'un noi del barri. No, a la seva mare no li ha explicat res perquè mai, mai, mai li ha tingut cap mena de confiança. Tan sols tenia l'àvia, la seva estimada *mamita*, en qui podia confiar i explicar-li gairebé tot el que li passava. I enredar-la. Perquè reconeix que darrerament també l'enredava i la desautoritzava molt. No me des tantos disgustos, Jhan. ¿Qué horas son estas de llegar a casa pues? Últimamente te estás pasando, changuita. Yo ya no puedo contigo. Cómo se nota que a ti lo que te falta es una madre.

Obre la porta metàl·lica de la gran mansió —¡A tomar por culo, familia Vilanova!— i entra seguida de la cosina Mary, el Juanca, el Rafael i un parell d'amics més que han reclutat pel barri. Tots contemplen l'escenari fent gestos grandiloqüents i deixant anar comentaris irònics.

—Como podéis ver, es un palacio de ricos —els diu la Jhanet, ensenyant-los la casa—. Tiene piscina y jacuzzi, pero aquí no podemos bañarnos porque solo es para los señores, los muy hijos de puta.

Entren a l'interior i la Jhan, protagonista de l'escena, els ensenya la catifa de ratlles blaves i verdoses on va vomitar un dia, el bagul de fusta de pi que pensa que deu costar una dinerada, les fotografies penjades a les parets de la família al complet esquiant —quina estampa—, en què tots miren riallers a càmera.

—¡Hostia! ¿Eso es un tigre? ¿Un tigre disecado? —diu la veu insolent del Juan Carlos—. Da un yuyu que te cagas, ¿no?

Tots desfilen per casa fent comentaris mentre inspeccionen qualsevol petit racó que els crida l'atenció. Ara descobreixen un armari on s'hi amaguen les ampolles que el senyor Vilanova es deu prendre en solitari quan la dona és al llit o bé quan convida a casa els seus amics empresaris.

—¡Mirad, chicos, aquí hay un surtido que flipas! —crida la Mary al grupet d'amics.

Corren a comprovar-ho. Whisky? Rom? Conyac marca Hardy Perfection?

—Carajo, eso debe de costar mucha plata, ¿no?

La Jhanet fa una passa endavant i es guarda un parell d'ampolles a la bossa.

—Eh, ¿ponemos música? ¿Bailamos un rato? Pásame ese coñac, anda —ara proposa el Juanca, amb un cigarret a la boca que comença a vessar cendra.

Sona reggaeton i fumen. Tabac, marihuana, ara el Juanca treu unes pastilles que comença a repartir per a tothom. Assegura que en ven, pel barri, i que amb això es treu un bon sobresou. I és que... «imaginaos que algún día me forro y acabamos viviendo todos aquí, ¿eh? ¡No me digáis que no sería la hostia!».

El Juanca s'apropa a la Jhanet i li fa un petó als llavis. No és la primera vegada que s'enrotllen i acaben fornicant com gossos en qualsevol racó inhòspit. Ho han fet als lavabos de l'institut, al parc de les caques de gos, a l'ascensor de casa seva. Ell li mira fixament els pits i es deleix per tocar-la.

—Esta casa es una puta pasada, Jhan. ¿Nos imaginas a ti y a mí aquí, en este mundo de blancos europeos, viviendo como un par de pijos?

La Jhanet estira el Juanca d'un braç i l'arrossega cap a l'habitació de matrimoni. Tot d'una l'assalta una idea: viure la vida d'una altra. Usurpar-li la personalitat a algú, en aquest cas a la matriarca de la família. «Es que es tan buena madre», li va dir l'Eli referint-se a la mare dels nens, la dona nutricionista i rica. Imagina la idea de convertir-se en una dona més gran i més rica, una dona que llueix vestits preciosos, amb uns fills que podrà veure i cuidar de prop, sense les maleïdes distàncies. Com es deu sentir follant en un llit de matrimoni de rics amb coixins de plomes d'oca? O potser eren coixins de plomes d'ànec? Les maleïdes distàncies.

Entren a l'habitació entonats i ensopeguen amb una cadira que va a parar per terra. Han begut i fumat marihuana. Molta. Es tanquen amb clau i s'estiren damunt d'un matalàs dels que costen un dineral i que de tant en tant surten anunciats per la tele. A dins —Ven a la cama, Juanca, vamos a hacerlo aquí mismo— mossegada al lòbul de l'orella i s'encenen. Ara el Juanca li llepa el coll i li expulsa l'alè a l'orella. Ella es baixa subtilment un tirant de la samarreta i deixa entreveure un pit de la mida d'un préssec. Ell li llepa els mugrons i li fa mossegades petites amb gust de Cointreau amb cola. Ara li posa la mà a l'entrecuix i juga amb un dit, amunt i avall, tal com a ella li agrada. Aleshores ella li comença a baixar els pantalons mentre pensa en la conversa que ha mantingut amb la Mary sobre les polles enormes. Està excitada, vol fer l'amor amb ell, potser tan sols busca una mica d'afecte.

Segons més tard, el Juanca cavalca damunt seu fins a esgotar les últimes resistències. Per un instant la Jhanet pensa que ella potser va néixer així, de sobte, sense voler, de la forma més inesperada i absurda possible. Un segons i prou, ni tan sols plaer, quatre embranzides, l'embat definitiu i... Així comença una vida? Quina absurditat, quin sense sentit, quin motiu més trist i miserable per néixer. De cop l'envaeix una onada d'agror i li surt de dins un «ponte el condón, Juanca», convençuda que ella mai, mai, mai pensa convertir-se en mare.

Estirada al llit —cinquè embat, sisè embat—, la Jhanet tanca els ulls i es deixa endur per l'estrany desig de sentir-se estimada.

Vuitè embat.

—Ponte el condón, Juanca, por favor.
¿Cuál es tu mundo, Jhan?, es pregunta.
El seu món?
Fa temps que no en sap la resposta.

Natalka

La Natalka és a la granja de pollastres amb la Helen i la Svetlana mirant com sempre la televisió. Avui fan un concurs d'endevinar noms de països i ciutats d'arreu del món. Les tres dones —cadascuna amb les seves panxes prominents— participen en el concurs i s'esforcen a endevinar tan ràpid com poden les respostes. Borneo, on és? A l'Àfrica, oi? Allà hi deu fer caloreta. I Honolulu? On cau? Hem vist moltes pel·lícules on surt Honolulu però realment... és una illa, oi? I les Seychelles?

La Natalka viatja mentalment fins a Irlanda i es pregunta què en sap realment, d'aquell país. És el país de l'Edgar i la Beth, els pares contractants. Parlen anglès, és ple de camps, diria que plou, li sona l'IRA, la banda terrorista, i els castells, uns castells magnífics envoltats de prats verds i arbres centenaris. Però poca cosa més, en sap d'aquest país que li resulta llunyà i antagònic. S'imagina els futurs pares, caminant per un parc i arrossegant un cotxet amb un arc de Sant Martí al darrere. Riuen, es miren la criatura preciosa, ella li acarona la galta, li bufa una pestanya i ara demana un desig (...). «No creus que aquesta criatura és com un regal que ens han enviat del cel, amor meu?». Va, no hi pensis tant, Natalka, es diu. La nena no és teva, sinó d'ells. Els la lliuraràs i ja està. I un cop la donis, un cop l'entreguis, se te'n fotrà el que facin o deixin de fer amb les seves vides perquè mai, mai, mai en sabràs res més, de tots ells.

Cap carta, cap correu, cap Skype, cap fotografia. Res.

Continuen mirant el concurs i fent badalls que s'encomanen les unes a les altres. La Natalka es fixa en la Svetlana, l'experta de la Svetlana, que sembla que sempre té respostes per a tot. Es pregunta com pot haver repetit l'experiència de ser ventre de lloguer i no haver-ne patit les conseqüències. L'embaràs, el part, el moment de lliurar la criatura. Un còctel d'emocions que se li fa inexplicable.

—Tu que ja has parit, Svetlana... El part és dolorós? —li pregunta ara la Natalka.

La Svetlana continua mirant-se el concurs de reüll. La panxa inflant-se i desinflant-se, com un flotador a l'estiu:

—Dona, no et negaré que fa mal. Però si per sort et posen l'epidural t'estalvies gran part de les contraccions.

—No em refereixo a això —aclareix la Natalka—, em refereixo a si és dolorós, si és trist, si és difícil.

Es fa un petit silenci i totes es miren la Svetlana, la veterana, esperant que els doni algun bon consell.

—És... és una mica estrany.

El fil musical del concurs amenitza la conversa.

—És estrany perquè en aquest moment, el moment del part, es crea una màgia molt especial amb la criatura. El sents, es mou dintre teu, només tu saps què està passant i ho pots comprendre.

—Buf —contesta la Helen estirant-se un fil de la camisa i entortolligant-se'l amb el dit petit. I encara afegeix—: Que difícil.

Sonen els aplaudiments del públic.

—Us donaré un consell a totes, noies —afegeix la Svetlana.

La Carla abaixa el volum del televisor. Totes l'escolten atentes. Tegucigalpa, capital de...

—Quan arribi el moment, quan sigui el moment del part, vosaltres empenyeu i prou. Si cal, mireu cap al sostre. O cap a una cadira. O cap a on vulgueu. Però, sobretot, no mireu la criatura en cap moment, val?

—No la mirem? —pregunta la Natalka.

—No. El millor és sempre girar el cap. No mirar. Perquè us asseguro que si la mireu... si la mireu estareu perdudes.

Girar el cap i no mirar, no veure-li els ulls, no mirar, no escoltar, no fer, no dir, no sentir, no ser, no mirar, no mirar, no mirar, no mirar, no mirar, no mirar.

La Natalka es pregunta si és possible separar aquestes dues experiències: la criatura que du al ventre (una) i el moment de lliurar la criatura a la parella i acomiadar-se'n (dues). D'altra banda hi és ella, i els seus somnis, i les ganes de comprar-se algun dia una casa qui sap si amb el Vasyl. Perquè darrerament el Vasyl ja no és el que era, li fa mal, no l'entén, la tracta amb menyspreu i violència. De cop, l'envaeix una onada de calor que no sap com descriure, una onada en forma de lava, que se li comença a estendre pel cos i li genera una sensació de buidor insuportable. Fa temps que se sent així, quan viu aquests moments de tristesa. Aleshores la panxa comença a incendiar-se i sent que la criatura que porta al ventre es crema, i xiscla, i busca urgentment un forat per sortir. Beirut, capital de?

La gerent de la clínica, l'Anika, s'hi acosta amb un posat seriós. L'acompanya del doctor Lanur, que tampoc no somriu, i que no para de rascar-se el colze. A la Natalka li venen al cap els mots amb els quals van batejar-los les amigues, una tarda de conversa, entre cacauets i rialles. Ella, la Malfollada; ell, el Bocagrossa. No són els únics a qui han batejat amb sobrenoms divertits o ofensius, que tan sols els fan riure a elles. També hi ha la Monja, i la Bruixa, i el Pederasta, i el Contorsionista, i tants i tants altres noms que les noies s'inventen per passar les hores mortes, que consisteixen en un no fer res.

Aleshores la Natalka pensa en els lligams. Els lligams que ens vinculen als altres i que sovint ignorem. Són fils de cometa invisibles, pactes mal entesos, secrets que es guarden al cor, estimacions que per la raó que sigui no podem expressar però que hi són. Llaços que potser ens acompanyaran fins a la mort. Els vincles afectius. Però ella no en té cap, de vincle, amb aquesta criatura, es diu en veu baixa en una mena de diàleg intern.

Cap vincle, res.

Tan sols habita dins meu.

Soc un contenidor, un farcell, un paquet d'Amazon amb destinació Irlanda.

La gerent s'apropa encara més amb els llavis tibant i el coll llarg com un cigne.

—Podem parlar un moment a part, Natalka?

Un cop al passadís, el cor encongit, la Natalka es disposa a escoltar la conversa.

—Ja tenim l'informe complet de l'ecocardiograma. La criatura té una coartació de l'aorta.

—Què? —pregunta ella sense acabar d'entendre res.

—Problemes cardíacs —afegeix el metge Lanur—. No són bones notícies. El diagnòstic és greu.

—Però...

—Haurem d'estar atents a com evoluciona l'embaràs. T'haurem de fer un seguiment acurat durant els pròxims mesos fins que tingui lloc el part.

—I jo? Què puc fer?

—Res, vida normal. Descansa. —I encara afegeix sense ni tan sols mirar-la a la cara—: Avisarem de seguida els pares. A veure com reaccionen...

Kíev, capital de...?

Emma

Em pinto la ratlla a l'ull dret fent una mitja lluna. Una llàgrima primerenca torna a treure el cap pel lacrimal, però decideix que no, no, no, no és el moment de plorar encara. Ara toca disfrutar una mica, Emma, em dic a mi mateixa en un intent desesperat d'aixecar el vol. Em miro l'ull excessivament maquillat; ara em pinto les pestanyes de carbó, un toc d'ombra a les parpelles, i penso que aquesta Emma és una altra i no pas jo. Interrogo de nou la dona estranya. Qui ets, Emma? Quina vida vols inventar-te? Un passat ple d'amors? Un viatge recent? Uns fills que t'esperen a casa? Tant de bo la vida fos com els contes o les novel·les que publiques en què tot el que tu vols es pot convertir en realitat. Una capsa plena de records que pots triar i remenar per crear-te un món a mida. Un món alegre, amb un final esperançador. Però tu saps que la realitat, que la vida, no es pot manipular com a les novel·les. Sovint la vida és crua, inversemblant, insensible. Perdre un fill i sortir al carrer. Perdre un fill i citar-te amb un home. Perdre un fill i voler fer l'amor. Un toc de coloret a les galtes, em converteixo en personatge de ficció, quan la mare treu el cap per la porta.

—Ai, filla, encara ets tan bonica.

Gràcies, mare. Encara.

—Me n'alegro molt, que decideixis sortir una mica, de veritat.

—Sí, mare.

—Vull dir que ja és hora que et distreguis i deixis de lamentar-te a totes hores.

—Sí, mare —engego el reproductor intern.

—Amb qui surts avui, amb les amigues?

—Sí, sí...

—Fantàstic. Segur que us ho passareu bé. Segur que sí. Dona records a l'Anna i la Mireia de part meva.

Baixo amb l'ascensor i em creuo amb les dues veïnes pesades de sempre. Altre cop, mirada cap avall fins a instal·lar-se a la meva panxa. Ara l'ascensor s'atura al segon pis i puja un senyor, el senyor Claudi, em sembla que es diu, que actua de la mateixa manera imitant l'estructura interna de l'escena. Mirada ofensiva escrutant-me a la panxa i...

—Hola, maca. Tot bé? —em pregunta dissimulant tant com pot.

—Tot bé, tot bé —responc girant-me de perfil i amagant-me com puc la meva no panxa.

Ràbia.

Una porta que s'obre.

Passes de plom.

Per què a sobre he d'amagar-me jo, hòstia?

Entro en un local color de sutge amb petites taules de fusta adornades amb centres de flors i espelmes. Quan el Xavi i jo muntàvem l'editorial, ens reuníem sovint en bars com aquests. Petits locals on portàvem els ordinadors, ens connectàvem al wifi, demanàvem un parell d'amanides de ruca amb formatge de cabra, i «tu tens la llista de clients, Emma?». «Sí, Xavi, aquí la tinc». «Entre els teus contactes i els meus, podem reunir força gent de premsa. El cas és que parlin de nosaltres, la premsa i els llibreters, i que la nostra marca —"Perquè com ens podríem dir, Xavi?"— vagi calant a poc a poc». Sense voler aquest tipus de bars em van anar robant el temps i les il·lusions personals, que vaig deixar de banda. És clar que muntar una editorial també ho era, d'il·lusió personal, i llegir era i ha estat sempre la meva passió. Però, i la meva vida? Feina, feina i més feina. I el temps anava passant i... «Emma, tu realment què vols? Algun dia voldràs convertir-te en mare?».

—Perdona, ets l'Emma, oi? —em diu un noi que se m'adreça, simpàtic, des del final de la barra.

És el David del Tinder. Nervis a la boca de l'estómac. No s'assembla a les fotografies que he vist, penso. Me'l miro i tot d'una no sé què fer amb les mans. Em passa sovint quan em trobo en una situació de socialització forçada. Moc les mans, les amago a les butxaques, em mossego els repelons dels dits fins a fer-me'n croquetes.

—Ah, hola —només se m'acudeix dir.

L'he vist pel Tinder unes quantes vegades i encara no sé —quan se sap, això?— si realment m'agrada. Fa segles que no practico les relacions de seducció a les xarxes i em sento col·lapsada per un món que ja no és el meu. Missatges escarits, grans titulars, converses acabades amb punts suspensius, fotografies que no hauries de penjar mai o que són de fa cinc anys enrere. I tot d'una el tinc aquí al davant, després de més de deu mesos de no estar amb ningú, després de gairebé un any de no fixar-me en els homes perquè la meva vida, la teva vida, Emma, se centrava només en les criatures. Les classes prepart, els consells de les amigues, la robeta que et va donar el Xavi, les visites amb el doctor March, les analítiques que han sortit perfectes, Emma, tot i que cal vigilar amb la toxoplasmosi, així que no mengis carn crua, ni tampoc acariciïs els gossos, i sobretot no mengis massa dolços perquè els límits de sucre t'han sortit més aviat alts. Des de llavors només veia i veig parteres i fills per tot arreu. Mares als autobusos, nens corrents i fent xiscles, dones amb panxes ovalades i nadons passejant en cotxets que m'ofenen amb les seves mirades.

Torno a la realitat. Escanejo el bar per veure si hi ha criatures. Veig que no n'hi ha cap i per uns moments em sento alleujada. Recupero el meu personatge de ficció i intento practicar un somriure. Bar de color de sutge i el tal David —David, es diu?— em mira amb ulls que són tot pupil·la. Per un moment me l'imagino fornicant-me damunt la taula de fusta i acariciant-me els pits que són de no mare. Prou, Emma, prou, em dic, colpejant-me altre cop el crani. El saludo. Hola, com estàs? Bé, i tu? I actuo com si es tractés d'una situació normalitzada. Dos petons a la galta, un toc de perfum, inspiració profunda, i em dic a mi mateixa: Endavant, Emma, tu pots, endavant amb la teva nova vida. Ell em mira expectant i em retorna un somriure fràgil com el vol d'una papallona. Porta una polsera hippy i veig que té restes d'escuma de cervesa a la barba. No està malament, penso per dins. Sembla força amable. Hi he estat parlant aquests darrers dies i les converses no han estat gens malament. Com se sap quan comencem a conèixer una persona? Tothom té la seva merda, la merda que amaga, allò que no volem explicar a ningú i que ens esforcem a maquillar perquè els altres mai, mai, mai ens la descobreixin.

Mentre no se'n parla no existeix (diuen).

—Què et sembla si seiem en aquella taula? —em diu el tal David assenyalant-me un racó del local.

El segueixo obrint-me pas entre la gent i avancem fins a una taula al fons del passadís. Fa un temps, quan estava embarassada, havia de vigilar de no topar amb la panxa amb cadires i taules. Ho tirava tot per terra, el meu cos voluminós, i amb certa vergonya demanava perdó, perdó, és que no controlo la panxa, em sap greu, ara mateix ho recullo, perdoneu, ara. Asseguts a taula encetem una conversa que no sé cap a on ens porta ni encara menys quin sentit té. Parlar per omplir el buit, per no pensar, per fer passar absurdament les hores. M'és igual que sigui dissenyador i que faci campanyes, i que em digui que ha guanyat no sé quin premi o que em parli d'una relació de nou anys que ja sembla superada... i que, i que, i que. El que a mi m'importa és que em dugui a casa seva, perquè jo a casa meva encara hi tinc la mare, guapo, i val més que no em preguntis res més perquè la meva vida és un desastre i prefereixo no parlar-te en cap moment de mi. Però no li dic res d'això —l'orgull m'ho impedeix, els sentiments guardats amb pany i forrellat— i endrapo uns natxos amb guacamole mentre faig que sí amb el cap i em pregunto si realment m'interessa. Visualitzo un cubell ple d'espermatozous nedant entre litres i més litres de cervesa. Prou, Emma, prou, em dic altra vegada. «Vols venir una estona a casa meva?», em pregunta.

Sembla que li agrado.

Em pregunto si ell m'agrada.

Resposta: no ho sé.

Darrerament ja no sé res.

Sí, responc, sense saber ben bé per què. «Anem cap a casa teva».

M'assec a un sofà ample —«L'he dissenyat jo, aquest sofà», que bé!— i em pregunta si vull prendre un gintònic. Li responc que sí a tot i em deixo transportar per la música. Sona Sigur Rós. Una cançó que no he escoltat gaire però que em sona d'haver-la sentit a algun lloc, qui sap si en una altra època. Relaxo les cames imaginant-me escenes pornogràfiques i per un moment tanco els ulls intentant oblidar la darrera vegada que vaig tenir relacions sexuals amb algú.

—Vols picar alguna cosa? —em pregunta ara amb un somriure amable.

Li dic que no, merci, i ens quedem mirant-nos uns segons amb intencions clares. Aleshores ho forço, com ja he fet tantes altres vegades, amb la voluntat de passar pàgina i tirar endavant perquè has d'esforçar-te a tenir una actitud positiva, Emma. L'actitud és molt important. Apropo el meu rostre al seu i li estampo un petó amb llengua que l'agafa desprevingut i segueix amb entusiasme. A partir d'aquí se succeeixen un seguit d'escenes que he rememorat tants i tants cops. Llengua humida sobre el coll, mossegada a la comissura dels llavis, carícia a l'orella dreta, ell acariciant-me els braços, les cames, l'escot, el seu alè amb gust de ginebra, una mà sobre el pit, la cabellera infranquejable...

Aleshores em descorda la faldilla i fa lliscar les meves calces a poc a poc fins a arribar a terra. M'acaricia el pubis mentre comença a jugar amb el clítoris com si fos una joguina que tot just acaba d'estrenar. Amunt i avall, a dreta i esquerra, massatge en forma d'espiral, entrant i sortint, jo tota molla... Li descordo la bragueta i l'omplo de plaer a poc a poc. Aleshores em gira d'esquena —Un segon, espera, espera!— i m'agafa amb urgència les natges. Em sento acorralada, amb la vista fixada a la paret, a una guixada que hi ha a la paret, i em començo a sentir incòmoda.

(Un interval de temps que no sé definir... M'imagino milers d'espermatozous nedant en cubells plens de cervesa. Banyeres d'espermatozous. Piscines plenes d'espermatozous. La idea de «no vull tenir fills» comença a calar lentament dintre meu. Pànic. Així que no em toquis, no em parlis, no em penetris. David, sisplau, espera!)

—Para, sisplau —li dic tot apartant-me'n en un gest maldestre.

—Ei, Emma, què passa?

Me'l miro i no sé què dir.

De cop em sento ridícula.

Em giro i el miro als ulls sense saber com mirar-lo. Què foto jo en aquesta casa? Les carícies s'han convertit en traus, en placentes sagnants, en punts i ferides que couen i xisclen i sagnen. Així que m'alço i amb expressió diligent esbosso un «ho sento, no puc, me n'he d'anar», i començo a vestir-me amb urgència. «Emma, espera un moment, em sap greu si...». «Adeu, ja ens veurem, que vagi bé, ho sento».

Condueixo perdent-me pels carrers de la ciutat. Avingudes, carreteres secundàries, mans tremoloses al volant. Finalment, arribo a una plaça que des de fa un temps he intentat evitar diverses vegades. Aquí és on va començar tot, em dic. En aquesta plaça vaig sentir un dolor fort al ventre i em vaig decidir a trucar al metge. Quan vaig arribar aquí, aquell dia fatídic, qui sap si encara tenia el meu fill viu al ventre. O potser no. Mig recorregut amb el fill viu i mig recorregut amb el fill mort. Mitja plaça amb el fill viu i mitja plaça amb el fill mort. Potser va morir just aquí en alguna franja de segon indescriptible. M'enduc les mans al ventre, exactament com ho vaig fer llavors, i em fixo en la plaça silenciosa i buida. Avui no hi ha un nen arrossegant un estel en forma de sirena, ni el colom que picoteja molles ni la parella d'enamorats acariciant-se dolçament els llavis. Però sí que hi ha els mateixos bancs, la mateixa sorra, el mateix gronxador, qui sap si la mateixa essència del dia en què el meu món encara palpitava. Avanço a poc a poc i m'assec al gronxador com si fos una petita Emma. Sola. Res ni ningú al meu voltant.

La brisa, la llum tèbia d'un fanal.

Un sol desig:

Si pogués tornar enrere...

Jhanet

Yo sé que esto no volverá a pasar
pero si volviera a pasar
sé que sería tu debilidad.

La Jhanet escolta reggaeton, els auriculars posats, un refresc, un escampat de fulls d'equacions múltiples damunt la taula...

Porque la noche de anoche fue
algo que yo no puedo explicar.
Eso era dando y dándole sin parar.
Tú me decías que te morías por mí.

Intenta concentrar-se i... $\cdot 3x + 1 = 3 - (2 - 2x)$, i el resultat és...

Porque la noche de anoche fue
algo que yo no puedo explicar.
Eso era dando y dándole sin parar.
Tú me decías que te morías por mí.

De cop s'obre la porta i veu la seva mare entrant a casa amb els ulls inflats i les parpelles desfigurades. Clava un gran cop de porta i llença la bossa amb ímpetu damunt del sofà. Pam. La Jhanet deixa suspès el bolígraf uns segons a l'aire i es treu els auriculars amb parsimònia. *Porque la noche de anoche fue... algo que yo no puedo explicar...*

—¿Qué pasa, mamá? —pregunta la Jhanet mirant-se l'Eli amb rostre impassible.

Els ulls de la mare es claven a les seves ninetes i la deixen cega un instant llarg. Blanc. Tem que hi haurà problemes. Molts. Li sorprèn veure la mare enfadada com fins ara no l'havia vist mai. La tenia més aviat per una dona covarda, submisa, incapaç de rebel·lar-se ni per un sol instant.

L'Eli li clava una mirada incisiva i li escup tot el verí que porta a dins.

—¿Por qué me haces eso, hija?

La Jhanet no entén de què li parla.

—¿El qué?

—¿Que por qué me haces eso? —insisteix la

mare, apujant el to de veu—. Los Vilanova me han dicho que organizaste una fiesta en su casa.

La Jhanet acota el cap i es mossega el llavi.

—No... no es verdad.

—Sí que lo es. No intentes mentirme, Jhan. Te han grabado. Las cámaras de seguridad de su casa te han grabado.

Fragments inconnexos travessen el cap de la Jhanet a una velocitat vertiginosa: la seva entrada a la casa de Pedralbes, ella i el Juanca follant de cara a la paret, les restes de marihuana caient damunt del llit, les tres ampolles de whisky i conyac que es van endur d'amagat quan es va acabar la festa i... Sí, d'acord, haurien hagut d'anar una mica més amb compte, i escombrar una mica més el terra amb restes de burilles, i no fotre la música tan alta mentre la Mary tocava una guitarra invisible saltant damunt del sofà, i no posar-se a cridar com bojos quan van sentir trucar els veïns per telèfon i els van advertir que... Malgrat tot, no s'atreveix a dir-li ni un «lo lamento» o bé «lo siento, mamá», perquè senzillament no se'n sent capaç. Fa temps que no sap què dir, no sap què fer, no sap com reaccionar quan es troba davant de la seva mare.

Monòlit de sal.

—¿Por qué me has tenido que hacer eso, eh? ¿Tanto me odias, mi hija?

La mare prem el puny dret com si volgués esclafar un ou.

—Me han dicho que no quieren que vuelvas a poner jamás los pies en su casa. Y de mi trabajo... Me han dicho que me van a dar una última oportunidad pero que no quieren que tú vuelvas más a su casa.

La Jhanet s'alça discretament de la cadira i s'apropa sigil·losa a la mare.

—Lo siento...

—¿Lo sientes? ¿Tú sabes lo que me costó encontrar un trabajo como este?

I encara afegeix:

—Seis años, Jhanet. Seis años con la misma familia. Cuidándolos a todas horas, desviviéndome por esos niños. Para que después llegues tú y te lo cargues todo de un día para otro. —Un esbufec sorgit de l'ànima i—: Ay, por Dios, qué voy a hacer yo ahora...

Es queden en silenci, sense que cap de les dues sàpiga com reaccionar. Tantes coses per dir-se, per explicar-se; tants missatges encriptats sota la pell. No estás. Me has abandonado. ¿Por qué no vuelves? Te extraño.

—Escúchame, Jhanet —formula per fi l'Eli—. ¿Tú te crees que para mí todo esto ha sido fácil?

La Jhanet pensa que la mare es posarà lacrimògena i ara, francament, no li ve de gust. Avui no. Ha quedat amb el Juanca d'aquí a poca estona i no vol que res ni ningú li amargui el moment. S'han enviat uns quants vídeos calents —ell masturbant-se davant de la càmera, sense mostrar en cap moment la cara— i li ha dit que avui els seus pares no hi seran i que podran fer-ho tranquil·lament al seu llit. Així que ara no vol escoltar la mare ni mantenir una conversa ensucrada i ridícula perquè avui no, no, no... ¿Me puedo ir de aquí de una puta vez, mamá?

—Me fui porque éramos pobres, Jhanet. Quería ayudaros, daros un futuro mejor a ti y a tu padre —explica la mare—. ¿Y de qué me ha servido? De nada. Siento como si de alguna forma te hubiera perdido para siempre.

—No sé de qué me hablas.

—Mira cómo me tratas. Y no me lo merezco, changuita. Durante mucho tiempo, durante años, lo único que he hecho es trabajar para enviaros dinero a ti y a tu abuela. Parar la olla, mi hija. Para que estuvieras bien, para que no te faltase de nada, para que algún día pudieras venir aquí conmigo.

L'Eli deixa de parlar i s'empassa les llàgrimes. La Jhanet observa la mare atònita. Les mares ploren? Fan olor? Abandonen?

—¿Sabes qué recuerdo tengo de cuando eras pequeña? Tú eras una guagua. Te cargaba en brazos. Estábamos en el aeropuerto, antes de que yo me fuera. No te encontrabas bien y arrojaste un poco. Me manchaste la camiseta y... recuerdo que subí al avión con la camiseta húmeda de tu vómito. Durante mucho tiempo, una vez aquí, en Barcelona, lavaba la camiseta pero siempre me devolvía aquel olor. Olor a ti, a tu vómito, a tus ojicos pequeños y preciosos que me miraban inquietos y me decían: «No tardes mucho en volver, mamá».

—Basta, mamá, basta. Paso de todo esto. Paso de este numerito patético, da pena.

—Jhan, por favor, escúchame. Lo que quiero decirte...

—Que no me interesan tus rollos, mamá —la interromp la Jhanet amb veu contundent—. Demasiado tarde. Lo siento, pero todo esto llega demasiado tarde. Que te den por saco.

Camina sense rumb deixant-se endur per una ciutat que no se sent seva. S'atura. Plora. Intenta no pensar en res. Torna a aturar-se. Plora. Deixa que els pensaments la travessin i li surtin pels porus de la pell com si fossin suor, excrements o llàgrimes. Mira al seu voltant i se sent perduda enmig d'una teranyina de carrers, semàfors i núvols. Ni confia en la mare, ni encara menys en la Mary, ni tampoc en el Juanca, que sembla que no la vulgui ni se l'estimi per a res. Enyora l'àvia. Voldria abraçar-la i asseure's a la seva falda per convertir-se en una nena petita que busca l'escalfor d'una pell. I si se'n torna a Bolívia? No, això no és possible. L'àvia se l'estima, però tampoc no la vol. «Ya no hay quien te aguante, mi niña. Tú necesitas una madre». Així doncs... on? Amb qui? Per què? No hi ha ningú que se l'estimi.

Marca un número de telèfon i espera uns segons prudencials.

—¿Mamita? Mamita, por favor, quiero volver contigo. Te extraño tanto...

Natalka

Clic.

La Natalka envia una foto de la panxa i no rep cap resposta. N'ha enviat unes quantes, la darrera setmana. «Una cada setmana, sisplau, Natalka, així em faré la idea de com evoluciona l'embaràs en tot moment», li va dir la Beth, somriure als llavis, cames encreuades.

Però res, més enllà de les dues barres dels missatges llegits, no hi ha cap resposta. «Això no pinta gaire bé», li ha dit fa una estona la Svetlana, mentre miraven un documental sobre el rinoceront blanc en perill d'extinció. «Potser li hauries d'escriure», ha afegit la Carla amb la boca oberta amb restes de puré de patata.

Però ella ha intentat no pensar-hi gaire i creure que tot anirà bé.

No passa res, Natalka, es repeteix una vegada i una altra. Segur que han tingut un xoc per la notícia, però que tard o d'hora es refaran i donaran senyals de vida. I tornarà l'Skype un cop cada dues setmanes, i les respostes breus de la Beth al mòbil: «Gràcies, Natalka. Quan puguis envia'm una altra foto, eh?», i els consells de la gerent de la clínica, que li diu que es mostri alegre i somrient amb els pares i sobretot, sobretot, «No parlis mai de diners, Natalka, d'acord?, sobretot aquí no es parla en cap moment de diners, queda clar?».

Passa una setmana.

No rep cap missatge.

Una altra setmana.

Cap missatge.

Una setmana més i...

«Vas rebre la foto de la panxa, Beth?».

No hi ha cap resposta.

I així passen un dia més, i un altre, i encara un altre...

Els silencis es tornen agres, la pell de la panxa comença a estirar-se, les estries es converteixen en carreteres i es bifurquen en camins secundaris plens de roca i pols. S'imagina la seva nena —ha dit la seva?— atenta a qualsevol esdeveniment, per minúscul que sigui. Com deu ser?, es pregunta. Tindrà els ulls blaus de l'Edgar? La mateixa tempesta de pigues a la cara? O potser el clotet a la barbeta de la donant d'òvuls a qui s'ha imaginat tantes i tantes vegades? L'aterra tenir una criatura així, en aquestes circumstàncies. Tot i que sap que aquí dins, al seu ventre, al refugi d'alta muntanya que ella mateixa s'ha construït, la nena estarà bé almenys durant uns quants mesos. I tindrà aigua, i menjar, i carícies constants, i fins i tot algunes cançons que de tant en tant li canta en secret tal com a ella li feia la mare. Perquè encara que no ho digui —no ho diguis, Natalka, no ho pensis, no miris—, fa temps que de tant en tant parla en secret amb la criatura. I continua inventant-se noms imaginaris per a ella: Lena, Gibka, Olha, Klara, encara que això no s'atreveix a explicar-ho.

Ara és al menjador, dinant amb les amigues parteres i engolint un bistec de vedella —«Ens volen ben grasses, Natalka. Tu menja, menja, que necessitem ferro»—, quan veu la gerent Anika apropant-se-li amb una mirada de preocupació. La Natalka s'hi acosta temorosa. Fa dies que sap, que espera tenir-hi una conversa. Tal com diuen les seves amigues, l'Anika, la Malfollada, és qui mou els fils de la granja i s'assabenta de tot el que passa o succeeix al voltant.

(Granges de pollastres: plenes de gallines, amb ous roents, ous defectuosos, ous que es trenquen i van a parar a terra. Ous que es fermenten i es podreixen i acaben fent fortor.)

—Els pares han dit que no volen la criatura —li diu l'Anika serrant les dents en un gest mecànic—. És el que ens esperàvem.

La Natalka sent com centenars de mans li bufetegen el rostre.

—Hi tenen dret —afegeix la dona—. I la mala notícia és que no podem avortar, ara. L'embaràs ja està massa avançat.

—Però... —encara ha de digerir la notícia—... no volen la nena?

—No. Hi ha pares que són així. No volen criatures amb tares.

La Natalka ara s'endú les mans al ventre en un gest espontani.

Criatures amb tares.

—I jo... què hauré de fer? —pregunta amb un fil de veu.

—Avui mateix pots recollir les teves coses. Te'n vas a casa i quan arribi el moment ja et practicarem el part. Això sí, no et facis il·lusions a cobrar res més. Només faltaria.

La Natalka no pensa en diners, ara. Pensa en la criatura, i en ella mateixa, i en les companyes de la granja a qui ja comença a trobar a faltar tot i no haver marxat encara.

—Au, ves a fer-te la maleta.

—Però... què faran, els pares? —pregunta la Natalka amb un temor creixent al pit.

—Ho tornaran a intentar, és clar. Però no amb tu. Tu els has sortit defectuosa.

—I la criatura?

—La donarem en adopció.

—Com?

—No et facis gaires esperances. Aquestes pobres criatures no acaben tenint gaire sort. Si no és que algú se n'apiada...

La gerent marxa deixant-la amb la paraula a la boca —«Au, ves a recollir les coses, Natalka»— i ella es queda allà palplantada. El cap se li omple de boira i de fum espès de ciutat contaminada. Si ara la punxessin, o l'esgarrapessin, o li retorcessin les extremitats, no seria capaç de percebre cap dolor ni elaborar cap mena d'estat d'ànim. La Svetlana i la Carla s'acosten a parlar amb ella en adonar-se que alguna cosa no va bé. Els pares contractants no volen la criatura, els diu amb les pupil·les dilatades. Les amigues deixen anar algun «fills de puta!», «maleïts rics», «quina falta d'ètica!», i l'encerclen amb els braços creant un mur infranquejable. Aleshores sent una corrua de veus que li asseguren que «no és culpa teva, Natalka; tu no et sentis culpable, tenen els espermatozous defectuosos i a sobre ens fan culpables a nosaltres, els molt fills de puta». Però, a la Natalka, res de tot el que li diuen li serveix de consol. Així que es desfà a poc a poc de l'abraçada —trencant murs, torres de guàrdia— i diu a les amigues que «ho sento, noies, ho sento, però me n'he d'anar. Ara vull anar cap a casa».

Camina pel centre de Kíev arrossegant una maleta amb rodes. Se sent sola i amb una criatura al ventre, al seu ventre, una criatura que ara és responsabilitat seva i de ningú més. Una criatura desemparada i pobra. S'han acabat els controls de pes, les dietes, les analítiques constants, les fotografies que li tocava enviar cada setmana perquè «em fa molta il·lusió veure com evoluciona l'embaràs, Natalka, moltíssimes gràcies». Problemes cardíacs. Tot d'una es mareja i s'asseu en un banc que sembla que hagi estat creat especialment per a ella. Es fixa en la gent que passa pel voltant, aliena al seu dolor i a les seves angoixes. «Si pares l'orella, sentiràs el cor de la criatura», li va dir un dia la Svetlana, mentre veien un documental sobre taràntules. Però ella avui no sent res. Cap cor, cap moviment, cap ritme cardíac. Tan sols percep el moviment eteri de la gent que passa a prop seu i la travessa amb la mirada.

Una dona, una panxa, una criatura al ventre.

I un dilema.

Emma

Nens morts, deformats, víctimes de guerres, assassinats, segrestats, enterrats, esquarterats. Fa un temps mirava les notícies i veia, constantment, com si fos part de la meva quotidianitat, imatges de nens morts i assassinats per diferents causes. N'observava les imatges mentre mirava de reüll les notícies, ara una llambregada, ara engoleixo un tros de pa, ara faig un glop d'aigua, sense connectar en cap moment amb la realitat més enllà de la pantalla. Però avui soc jo la que m'enfronto a la mort sense estar-hi en cap moment preparada.

Qui està preparat per encarar la mort d'un fill?

Qui?

I encara més: qui pot afrontar la mort sense rebre ni tan sols el suport dels altres?

Tothom és capaç de lamentar la mort d'un nadó a qui ja ha posat cara. Ros, ulls blaus, llavis prims, triple piga al coll, somriure ample. Però la mort d'un nadó que ni tan sols ha arribat a néixer viu... No, això és impossible. Davant del món sembla que no existeixi. No som capaços d'acceptar-lo. No té nom, ni té aspecte ni records. No ha estat petit ni ha bufat mai les espelmes. Ni ha fet un castell de sorra per primera vegada en una platja. Ni ha representat el paper principal en una obra de teatre davant de tots els pares, que graven expectants amb la càmera. No, no en som capaços perquè per a la majoria de la gent no ha existit mai. No ha existit, el meu fill? Per a mi sí que ha existit. Va viure, va habitar dintre meu, va tenir una història, un nom... Max. Per què el món no el pot reconèixer?

Entro a la sala amb tot de dones —i avui, excepcionalment, dos homes— de diferents edats i assegudes cadascuna a les seves cadires. No és la primera vegada que vinc i els seus rostres em comencen a ser familiars. M'assec en una cadira i em torturo pensant què hi fots aquí, Emma? No estàs fent el pena? El numeret pornogràfic de l'altre dia va ser... Prou, em dic a mi mateixa. Prou de qüestionar-te en tot moment les decisions que prens. Si ets aquí, si has vingut, si les cames t'hi han portat, és perquè d'alguna manera sents que ho necessites. M'assec a la cadira que balla —maleïda pota, altra vegada— i m'esforço a mantenir el componiment.

Una noia d'uns trenta i pocs anys, ullerada i vella, subjecta la mà del seu home:

—El nostre fill va néixer perfectament bé.

L'home respon amb un somriure forçat.

—Sí, i tant... Recordo que jo era allà amb la càmera, hòstia. Va ser preciós. Ho vaig gravar tot.

—Devia ser preciós per a tu, xato —diu ara una dona—. Com es nota que els homes no pariu.

Les dones comparteixen mirades de complicitat. Cops de cap, somriures burletes, fins i tot alguna rialla. Ara una d'elles, la que té les mans blanques i els dits llargs de pianista, comença a repartir trossos de coca com si es tractés d'un aniversari escolar. Ho fa com un acte natural, quotidià, un acte que em remet a una mena de cerimònia litúrgica que no soc capaç de comprendre ni acceptar. Altre cop sento les ganes de marxar. Les mares monstruoses en potència. Les observo a totes des de la distància, i:

—Perdoneu la interrupció. És que així, amb una mica de menjar, sembla que les coses passen millor, oi? —diu la dona que reparteix coca.

Me n'ofereixen un tros, que accepto amb un cop de barbeta i les mans tremoloses. En faig una queixalada i començo a mastegar a poc a poc. El gust de mel se'm desfà a la boca i se'm dissemina en petites partícules que s'escampen per la cavitat bucal. L'Olívia em mira de reüll i em llança un somriure còmplice. És aquí, fitant-me, atenta a tots els meus moviments. Fa dies que li evito la mirada.

—Bé, el cas és que el part va anar bé. De meravella. Em vaig posar el nen al pit i de seguida s'hi va enganxar —continua la dona—. Tenia una gana. Si l'haguéssiu vist... Pesava gairebé quatre quilos.

Diversos comentaris: Que bonic, Oh, Devia ser preciós.

Engrunes de coca em cauen damunt les sabates.

—Aquells dies van ser fantàstics —prossegueix l'home—. Res ens feia pensar que ens passaria el que després ens va passar.

Silenci i algun estossec. La dona ara pren la paraula.

—Bé, les que sou aquí ja sabeu una mica com va anar. Se'ns va morir al mes i mig. Una nit, mentre dormia.

La dona ullerosa i vella s'emociona en explicar-ho, i l'home li estreny la mà com si en cap moment la volgués deixar caure.

—Mort sobtada, ens van dir —afegeix la dona—. I ja està. Cap més explicació. Al cap de dos dies el vam enterrar.

Es crea un silenci llarg, gens pontificador; un silenci que simplement acompanya. La dona que ha fet la coca ara omple vasos petits de licor i els va passant de mà en mà en un acte gairebé mecànic.

—Ara tenim una altra filla preciosa, que es diu Gal·la —afegeix l'home, forçant-se a canviar de to—, que tot just acaba de néixer. Hem de reconèixer que sovint estem una mica cagats, oi, Berta?

—Sí, i tant, cagats del tot. Cagadíssims.

Totes riuen.

—Ei, però la nostra petita Gal·la està molt bé —diu ell—. I creixerà bé. I al nostre nen, el nostre petit Fèlix, el germà gran, ens l'estimarem tota la vida. Sempre ocuparà un lloc entre nosaltres, oi, amor?

—Sempre.

Surto de la sessió, que avui he aconseguit acabar, i arrenco a córrer com un cavall salvatge. Travesso camps, vies, pastures. L'Olívia ve darrere meu i intenta retenir-me.

—Espera, Emma. Avui no has marxat a mitja sessió.

—No. Però en algun moment he estat temptada de fer-ho —l'informo.

—Sé que al principi es fa una mica difícil. Però amb el temps ja veuràs que tot és molt normal. Recorda que pots parlar del que vulguis i quan vulguis.

—De moment encara no, gràcies.

Assenteix amb el cap i fa per anar-se'n. Ara soc jo —un impuls, un sospir, simple curiositat?— la que vull interpel·lar-la.

—I tu? També has perdut un fill? —li pregunto atacant tangencialment el tema.

—No.

—I com pots conduir una teràpia si mai...?

—La meva germana va morir amb quatre anys, abans que jo nasqués — interromp ella—. Jo no ho vaig saber fins al cap de molt de temps.

L'escolto amb una atenció desmesurada.

—Aquest fet, la mort de la meva germana, una caiguda absurda, un cop al cap, m'ha acompanyat sempre.

—Però si mai la vas arribar a conèixer...

—No, però jo vaig heretar les seves pors. Bé, les pors d'ella, no. Les pors de ma mare, suposo. I del meu pare. «Olívia, no facis això. Vigila que no caiguis. Sobretot, no vagis a la piscina». Ja t'ho pots arribar a imaginar... És molt terrible viure sempre amb pors.

M'imagino una nena petita sobreprotegida en tot moment per la seva mare, tancada en una gàbia de vidre, vestida amb armadura per combatre els perills del món exterior. Les pors s'hereten, es fan visibles, creixen sense la necessitat d'alimentar-les i es fan més i més presents.

—Des de sempre aquest tema va ser tabú a casa —prosssegueix l'Olívia—. El pitjor no és només la mort d'un nadó, el pitjor és el silenci.

—El silenci...

—Per això som en aquest grup de teràpia, Emma. La majoria de la gent viu aquest dol en silenci. No poden expressar el que els ha passat, ni els seus familiars o amics tampoc no els ho permeten. És un tema que ningú no sap com afrontar. Encara ara costa moltíssim parlar-ne...

—Perdona, però me n'he d'anar cap a l'editorial —li dic en un rampell de fugida i mala educació.

—És clar. Fes, fes. Espero tornar-te a veure.

—Sí, potser sí —responc dubitativa—. O no. No ho sé. Fins aviat, Olívia.

Pujo a l'ascensor i faig una inspiració profunda. Trec el mòbil de la bossa i... Veig un missatge del David, el noi del Tinder. «Ei, no sé què et va passar a casa meva. Però... Ho tornem a intentar? Quedem? Em sap greu si vaig fer res que et va molestar». Deso altre cop el mòbil amb el cor a cent i unes ganes terribles de desaparèixer. Em pregunto si realment el vull tornar a veure. Darrerament no estic per ningú i encara menys per fingir que soc una persona alegre. No, tu no ets una persona alegre, Emma. Ets una persona trista, derrotada, enfonsada, incompleta,... ets una no mare.

Pico el botó de baixada i comprovo que duc les claus i el tabac a la butxaca. Inspiració profunda. Penso en les pors. Les maleïdes pors que ens persegueixen...

Jhanet

—¿Qué haces, Jhanet?

—Intento meter la llave en la cerradura, tía.

—Eh, que vas borracha... Venga, dame las llaves a mí pues.

—Que no, que no, que yo puedo, prima.

La Jhanet fa esforços per introduir la clau al pany i finalment aconsegueix obrir la porta. Entra fent passades i sense voler topa amb un gerro de porcellana que, pam, cau a terra i s'esquerda.

—Hostia, Jhanet, hoooostia —murmura la Mary—. Este jarrón era un regalo. Un regalo de la abuela...

La Jhanet fa esforços per començar a recollir els petits trossos de porcellana que resten per terra i que a ella li són ben igual. Darrerament li és igual tot. El gerro de l'àvia, les advertències de la mare, la preocupació del tutor, l'Èric, que sembla que només vulgui amonestar-la. Ella el que vol és sortir, emborratxar-se, evadir-se del món una estona. Aquesta nit, com tantes altres vegades, la Jhanet i la Mary han sortit de festa amb el Juanca i el Rafael i altres amics de l'institut. Han començant bevent, han continuat fumant i han acabat en un local ballant fins ben entrada la matinada. Últimament s'ho passa bé, amb aquests amics, pensa, mentre recull encara més trossos de porcellana que hi ha a terra. Es fa mal en un dit. Sang. Se'l xupa. La troba àcida. ¿Será también ácida la sangre de mamá?

Ara les dues noies entren a l'habitació i s'estiren al llit de panxa enlaire. La Jhanet s'imagina el sostre ple de núvols i es dedica a comptar-los i a adjudicar-los formes. Aquí hi ha un rinoceront, aquí una formiga gegant, aquí un cavall en forma de centaure i... ¿De qué tiene forma esta nube, prima? Les noies es pixen de riure quan tot d'una senten la remor d'unes passes que s'apropen.

—¿Qué pasa aquí? —diu la mare traient el cap per la porta—. ¿Por qué llegáis tan tarde?

La Jhanet s'arronsa d'espatlles.

—¿Habéis bebido?

—No.

—Sí que habéis chupado. Solo hay que miraros. —Una llambregada a dreta i esquerra de l'habitació i...—: ¿Con quién habéis salido a janguear, eh?

Cap d'elles no contesta i les noies, en un gest espontani, es miren i comencen a riure. Són aquells atacs, l'absència de sentit, la nebulosa que s'instal·la al cap i que les fa viatjar lluny, ben lluny, fins a un prat verd i difuminat de Bolívia.

L'Eli s'apropa a les noies i demana a la neboda que surti de l'habitació perquè vol parlar un moment amb la seva filla.

—No son horas de llegar a casa, changuitas. ¿Qué os habéis creído? Esto tiene que acabarse de una vez.

La Mary se'n va cap a la cuina i l'Eli i la Jhanet es queden soles fitant-se cara a cara. Darrerament eviten els contactes. Des de fa temps, des que la Jhanet va entrar a casa dels Vilanova i la mare de poc que acaba perdent la feina, que gairebé no s'han dirigit la paraula.

—Dime con quién habéis salido esta noche, Jhanet. ¿Sabes que son las siete de la mañana?

La Jhanet es torna a arronsar d'espatlles. S'ho

han passat bé, aquesta nit. El Juanca magrejant-la a l'herba, la policia rondant pel parc, les fumades monumentals darrere els arbustos, els atacs de riure descontrolats, els «Hostia, no me digáis que esos que vienen por ahí son policías». Li agrada la marihuana perquè li permet desconnectar-se del món i ser ella mateixa. I pot dir animalades, i parlar-los de l'àvia, la seva autèntica *mamita*, amb qui pensa cada nit abans d'anar-se'n a dormir.

—¿Con quién habéis salido a farrear, eh? —Es mostra insistent, l'Eli.

—Con unos amigos del insti.

—¿Mayores que tú?

—¿Y eso importa? Tampoco es chairo.

—Mayores que tú, ¿verdad, Jhanet? Tu profesor me dijo que vigilase con las compañías que tienes. ¿Se puede saber quiénes son esos muchachos?

—¿Esto qué es? ¿Un interrogatorio?

L'Eli fa un glop d'aire i intenta mantenir la calma. S'asseu al costat de la seva filla i li prem lleugerament la mà. La Jhanet l'enretira i fa veure que es treu una lleganya invisible. No vol cap contacte amb la mare, no el vol. Fa temps que intenta evitar-lo.

—Jhanet, escúchame, quizá tendríamos que hablar.

—¿De qué? ¿A estas horas?

—¿A estas horas? Yo ahora me voy a trabajar, mi hija. Yo y también la mayoría de los mortales...

—¿Y de qué quieres hablar?

—Esos muchachos... ¿Tú sabes lo que haces? Quiero decir... ¿son buena gente?

—Claro, mamá.

—Y... —L'Eli busca i busca les paraules adequades—: Supongo que tú... ya sabes cómo funcionan esas cosas del sexo, ¿no? Quiero decir, ya sé que todavía eres muy joven y que aún no debes de haber hecho nada de lo que me tenga que preocupar, pero...

—¿Qué quieres, mamá? —l'interromp bruscament la Jhanet—. ¿Largarme un discursito sobre sexo? Lo siento, pero llegas tarde.

—No entiendo qué quieres decir.

—¿Dónde estabas cuando me empecé a hacer las primeras preguntas sobre sexo, eh? ¿Sabes cuándo fue la primera vez que me emborraché? ¿O la primera vez que follé con un tío en el lavabo de una discoteca?

En sentir aquestes paraules, l'Eli alça la mà, i pam, li clava una bufetada a la cara. La Jhanet reacciona indignada.

—¿Qué has hecho? ¿Cómo te atreves?

La mare es du les mans a la boca en un gest de penediment.

—Perdona, mi hija, por favor, perdona.

—¡Vete a cuidar a tus putos niños y déjame en paz de una vez!

Mis niños.

Després d'un llarg silenci, l'Eli surt de l'habitació i arrossega els peus com si fossin cadenes. La Jhanet l'observa d'espatlla, dona sobre paret blanca, més geperuda i més vella que mai, trencadissa. Des de l'escletxa de la porta pot observar com es beu un glop de cafè fred, ara un vas d'aigua, agafa la bossa, l'abric, es corda la sabata esquerra arreplegada del contenidor i surt del pis en un silenci estricte. Més tard, des de la finestra de la sala pot veure com surt al carrer i es confon amb els primers vianants que s'apressen a anar cap a les seves feines. Agafarà el metro, ho sap, a continuació l'autobús, i després caminarà una bona estona fins que arribarà a casa dels Vilanova per posar-se la bata de «señora de la limpieza» i començar a servir els «señores».

Esta es la miserable vida de mi madre, es diu irritada mentre entra al lavabo i s'abaixa les calces.

S'espera una estona.

Res.

Cap rastre.

El blanc impol·lut de la tela l'ofèn i l'espanta.

Natalka

—Però... segur que no es pot avortar?

—Que no, Vasyl. Ja t'ho he explicat unes quantes vegades.

—Quina putada, hòstia!

La Natalka no diu res i mossega un tros de pa amb una mecànica implacable.

—Tots els nostres plans a la puta merda —afegeix el Vasyl—. I a sobre només et paguen una part del que van acordar, els molt fills de puta!

—L'embaràs no ha funcionat tal com esperaven. Els pares no tindran la criatura.

—Sembla que els justifiquis, tu, ara.

—Esclar que no els justifico. Però jo... jo ja no hi puc fer res.

—Tota aquesta merda per tan sols cinc mil euros

i ja està. Ja te'ls han pagat? Quan et pagaran, eh? Els fotria un gec d'hòsties a aquests de la maleïda agència.

El Vasyl fa un glop de vodka, que acompanya d'un tros de pa sec que s'endú a la boca. La Natalka l'observa i li sembla que el seu home, l'home que va estimar, l'home amb qui algun dia va pensar que compartiria una família, ara s'ha convertit en ombra.

—Doncs res, tu tranquil·la. Pareixes aquest bebè i després potser ho pots tornar a intentar.

—No sé si ho vull tornar a intentar, Vasyl.

—Què? Com que no ho vols tornar a intentar?

—Vasyl, és una experiència molt difícil, dolorosa...

El Vasyl s'aixeca i se'n va cap a la cuina, la vena inflada al coll, els braços tremolosos, aquells instants previs a la ira i... pam, tira la cafetera a terra.

—Vasyl, què fas?

El líquid negre taca les rajoles i es comença a escampar per terra formant una mena de llac. Ella, amb por que es torni a encendre, intenta actuar amb normalitat, buscant compensar la seva ira.

—Va, que ja ho recullo jo... Tu seu, seu, tranquil. I sobretot no et posis nerviós.

De cop s'obre la porta i arriba la Lena, la nova

inquilina. Du una carpeta a les mans i els saluda amb cop de cap i un somriure àcid. Desvia la mirada a les rajoles tacades de cafè i tot seguit s'adona que ha d'anar-se'n com més aviat millor.

—Me'n vaig a l'habitació. Espero que et trobis bé, Natalka. Fins després.

Uns segons de treva i...

La Natalka aprofita aquest punt d'inflexió per recollir quatre plats, i se'n va a l'habitació a estirar-se. Darrerament el cos li pesa, té els ossos feixucs, les cames inflades. La son l'acompanya tot el dia i les poques ganes que té d'activitat, s'esvaneixen a mesura que passen les hores. S'estira al llit i es torna a fixar en la taca d'humitat que hi ha al sostre. Diria que s'ha fet més gran i es pregunta si l'acabarà engolint a ella i a la criatura. De cop l'agombola una sensació de desolació. Estic sola, es diu. Rectifica: estem soles. Viu en un pis que no se sent seu, amb un marit que no l'entén ni l'escolta, porta una criatura al ventre que tard o d'hora haurà de parir, una criatura amb tara. Comença a espantar-la el moment del part que a poc a poc s'aproxima; el dolor, la por de les contraccions, els consells de l'amiga Svetlana: «Tu sobretot no miris, Natalka. No mireu. Si mireu la criatura estareu perdudes».

El Vasyl entra a l'habitació i se li asseu al costat amb la vena al coll en calma. S'apropa i parla amb ella —«Ho sento, amor, sento si abans m'he posat una mica nerviós...»—, però ella es gira i li dona l'esquena. Intenta tancar els ulls i perdre's en un son que la transporti. Un son ben lluny d'aquí, ben lluny, en algun lloc on es pugui sentir lliure i protegida, sense Vasyls escridassant-la, sense metges i ginecòlegs remenant-la, sense amigues donant-li consells a totes hores. El Vasyl li clava les ninetes i comença a parlar-li en un to greu que sap que és el preludi d'alguna altra escena. Ho sap, s'ho coneix, no en pot escapar.

—Que això que t'ha passat no és culpa teva, *joder*, Natalka. I no és just que només et vulguin pagar cinc mil euros, els molt cabrons!, quan resulta que la criatura la continues portant dins i la pariràs igual. I el que has de fer és anar a una altra agència, Natalka. Com més aviat tornis a fer de ventre de lloguer, millor, perquè hi ha altres agències més bones i serioses, que et poden pagar molta més pasta. Perquè tu i jo somiem un futur millor, Natalka, ens ho mereixem, una casa per a tots dos. Que aquests diners ens poden canviar la vida, Natalka!

Ella se'l mira un instant i es pregunta a partir de quin moment va començar a canviar, el seu home.

Abans era més atent, afectuós; se l'escoltava. Passaven tardes senceres passejant pels parcs, fent l'amor, explicant-se anècdotes que els havien succeït durant el dia. Però darrerament tots dos viuen abocats a subsistir i a fer plans que no arribaran mai a complir-se. El dia que puguem canviar de pis, el dia que em facin l'encarregat del bar, el dia que cobrem deu mil euros i ens canviï la vida, el dia que, que, que... Li observa els ulls xuclats, que semblen pous profunds plens d'aigües estancades. Ara s'amorrarà a l'ampolla, ho sap. Beurà sense contenció. Des que treballa al bar s'ha fet addicte al vodka.

—Ho sento, Vasyl, però no em penso embarassar mai més. No tornis a demanar-m'ho més, sisplau.

—Però, Natalka...

—Tu no saps per tot el que estic passant, d'acord? —l'interromp—. I no, t'asseguro que mai més penso tornar a passar per una experiència com aquesta.

Els ulls del seu home perden el control i vomiten guspires. Com li passa tantes i tantes vegades no escolta raons i... «llavors què collons farem, eh?», i un despertador va a parar per terra, i un llibre sobre embaràs que fa un parell de mesos va comprar en una botiga, i un llum de peu que es fa miques. La nou del coll li creix com un gangli i es converteix en una grua mecànica. La Natalka comença a témer el pitjor i no sap què fer ni com evitar-ho. Altre cop els nervis, l'angoixa, la inseguretat creixent que la fa sentir cada cop més petita.

El Vasyl l'agafa del braç i li clava les ungles amb fúria.

—M'estàs fent mal, Vasyl, para.

Les ungles li perforen el braç.

—Et dic que em deixis estar, Vasyl. Em fas mal! Para! Deixa'm en pau d'una vegada.

Les ungles ara li fan mal, sang, couen.

—M'estàs fent molt mal, Vasyl, para. Atura't, fill de puta!

Aleshores ell la mira amb ràbia, li agafa el rostre amb força i li estampa el cap contra la paret. Pam. La Natalka sent un dolor infinit, crani esberlat, un fil de sang li regalima pel coll i li taca lleugerament la camisa. Ella es remou i se'l mira amb ulls de pànic.

Com és?

Com pot ser?

En quin moment no va saber aturar-ho?

Ell se'n va donant un cop de porta i la Natalka per fi es torna a quedar sola. S'endú les mans al ventre i inspira i expira tal com li han ensenyat a les poques classes prepart que ha fet a la granja de pollastres. Inspira, Natalka, expira. Voldria plorar, però les llàgrimes es tornen ciment i es converteixen en escultures de pedra. Tot d'una s'alça del llit i obre l'armari amb pressa. La sacseja un pensament fugaç. Agafa calces, samarretes, vestits, calçat, una faixa per a l'embaràs, un parell de sostenidors elàstics, i ho entafora tot dins d'una maleta.

Un sol desig:

Fugir.

Amb ella.

On sigui.

Emma

Em perdo pels carrers de la ciutat. Travesso vies, teranyines, carrers secundaris, volent-me transportar al moment on encara no havia començat tot. Poso segona i accelero, un carrer llarg, i ample, com la vida mateixa. M'aturo a la plaça, la famosa plaça, sense colom, ni criatura amb estel ni so de cridòria de nens que adornava en tot moment l'escena.

Què fas, Emma?, em pregunto.

No ho sé.

Intento viatjar a través del temps.

Jhanet

La Jhanet està asseguda a la tassa del vàter esperant des de fa cinc minuts. El Predictor, als seus dits, no canvia de color encara. Pel cap li passen fragments de converses i discussions amb la mare.

«No me grites, Jhanet».

«No hagas».

«No bebas».

«No me causes tantos problemas».

Finalment es mira el Predictor, que canvia subtilment de color i adquireix un to malva.

No, no pot ser.

Al cor, una esquerda fonda.

L'últim que vol ella al món és ser mare.

Natalka

La Natalka arrossega la maleta amb rodes per l'aeroport de Kíev. No sap com hi ha arribat, però és aquí, les cames l'hi han portat, les ganes de fugir, de perdre de vista el Vasyl, d'abandonar una vida per sempre. S'apropa al mostrador i s'adreça a una noia que la rep amb un somriure ample.

Què fas, Natalka?, es pregunta.

On vas?

La dona del mostrador l'escruta de dalt a baix i atura els ulls a la seva panxa.

Una panxa rodona, ovalada... una criatura al ventre.

—Què vol?

—Un bitllet d'avió —es reafirma—. Un bitllet d'avió per anar a Barcelona.

Emma

Vent. No es tracta d'un vent fort, sinó d'una brisa constant, amb alternances, que remou les branques dels arbres. Es va fent de nit i... soc a l'habitació del meu petit, com sempre, color de cala, refugi constant. Tinc una bossa d'escombraries a les mans i començo a entaforar-hi tot el que trobo dins l'armari. Samarretes, bodis, mitjons, peücs, jerseis de llana... tot a la puta bossa d'escombraries. Ben precintada i cap baix. Tinc ganes de treure-m'ho tot de sobre, de fer-ho miques, d'exterminar els objectes i convertir-los en pols. «Hauries de desmuntar l'habitació», m'ha dit diverses vegades la mare. I també: «Si vols t'ajudo a pintar les parets d'un altre color», ha afegit amb veu esquerdada. Els vidres de les finestres tremolen i jo continuo aquí dins, al marge del món, en una cova de glaç; actuant com si fos un autòmat. Prou de laments, de tristeses, prou de pensar que soc la persona amb més mala sort del món. Rectifico: soc la persona amb més mala sort del món. Això que m'ha passat és una putada. Una putada, Emma!

De fons escolto el so de l'aspiradora de la mare, que es converteix en baix discontinu. Sempre neteja, treu la pols, elimina qualsevol rastre que inspiri tristesa. I quan no és l'aspiradora, resulta que és Netflix, o el canal de notícies de la tele, o els fogons que cal netejar un cop i un altre, «perquè sobretot no s'hi enganxi la brutícia, filla, i t'ho deixaré tot ben net, sense merda incrustada, sense taques de cafè, ni records, ni esquitxades de salsa de tomàquet ni restes de tristesa». Perquè dels morts, dels que ja no hi són, és millor no parlar-ne. I qui dia passa any empeny, i la qüestió és fer coses i no parar quiet, no lamentar-se. Fora, fora, fora tristeses.

Si no se'n parla no existeix (diuen).

En un atac per oblidar, baixo al carrer i ho entaforo tot dins del contenidor sense pensar-m'ho gaire. Mai més tornaré a tenir un altre fill. Mai. S'ha acabat aquest patiment, s'ha acabat pensar en ell a totes hores, s'ha acabat pensar que potser algun dia en tindré un altre. No diuen que tot això se supera algun dia? Doncs fora, fora tota aquesta tristesa. M'embriaga una ferum de sardines barrejada amb restes de iogurt caducat i cuixes rosegades de pollastre. Fàstic. Sensació de vòmit al cos. Ho entaforo tot dins del contenidor. Apa, cap dalt, em dic. Com sempre han dit a casa: les tristeses fora.

Intento concentrar-me de nou en el manuscrit que tinc entre mans i que em proposo —ara sí, Xavi— acabar algun dia. Supero la pàgina 53 i torno a ser la que havia estat sempre. Una editora. La vida entre llibres. Contacte amb els autors, viatges, presentacions, *editings* interminables amb manuscrits interessants. Perquè per damunt de tot les històries han de tenir ànima, sempre diem amb el Xavi. Històries que vibrin, que tinguin alguna cosa a dir, que et sacsegin, que et deixin algun pòsit i et facin pensar. Tothom necessita llegir bones històries, em repeteixo un cop i un altre. Envio un whats al Xavi en què li dic: «Ja estic millor. Aviat torno a les *andadas*. Acabo el manuscrit i te n'envio la valoració, ok?». Tot seguit em rellegeixo el darrer missatge que em va enviar el David i que he deixat vist per sentència. «Quedem o no quedem, Emma? M'agradaria tornar-te a veure». Estic a punt de contestar un sí, quedem, però de seguida em faig enrere. No, encara no. No m'hi veig amb cor. «Podries deixar de passar l'aspiradora, sisplau, mare?».

Asseguda al llit, amb el manuscrit sobre les cames, el retolador fluorescent per marcar alguns paràgrafs, l'instint audaç d'editora, intento concentrar-me de nou en la feina. Passo una estona més o menys tranquil·la —que si aquesta frase, que si la tensió dramàtica, que si aquest final poc convincent—, fins que torna l'amiga de sempre, la tristesa, i es converteix en la meva companya de viatge. La sento en forma de buit a la panxa, com si tot d'una m'hi haguessin cavat un sot i hi haguessin tirat tones i tones de terra. La sensació de sot a la panxa ve seguida d'aquella de cremor a les temples, com si tingués febre, com si el meu cos estigués a punt d'explotar per acabar convertint-se en petits fragments d'Emma. Aleshores, l'esòfag expulsa una primera llàgrima que va escalant a poc a poc fins a quedar-se estancada en algun compartiment de la gola. No. No pot. Es barreja amb mocs i aigües plenes de verdet i d'algues. M'adono que encara no he plorat. Des que va passar tot, des que et vaig perdre a tu, Max, no he estat capaç de vessar ni una sola llàgrima. Per què? Per què no puc plorar encara?

De cop, m'alço d'un bot —un batec, un crit d'auxili, «ara on vas, filla?»— i baixo altre cop al carrer. M'abraono sobre el contenidor com si fos un animal salvatge i... on és? On són els peücs? I el mòbil de peixos i estrelles? I la robeta del nen? Recullo fustes, mòbil, estrelles i crancs, bodis i peücs empastifats de peles de plàtan, ossos de pollastre i llaunes de tonyina, i torno a pujar cap dalt amb els ulls esquitxant lava.

Quan la mare em veu entrar, m'observa amb un deix de preocupació al rostre. Se m'apropa i m'abraça amb totes les seves forces.

—Però què has fet, nena?

—He intentat llençar les coses, però...

—Emma, carinyo, filla meva... Ja veuràs com aviat ho oblidaràs.

—És que no vull oblidar res, mare.

Em mira sense entendre res, els ulls com dues coves.

—És que no ho entens, mare. No vull oblidar. El que jo vull és recordar. Ajuda'm a recordar, sisplau, mare.

Jhanet

«¿Dónde estás? ¿Por qué no me contestas al móvil, mi hija? Tendríamos que hablar», li ha escrit, la mare.

Però ella és a una sala d'espera d'una clínica, amb tot de noies de diferents edats, assegudes a les cadires, amb rostres ingràvids i dits nerviüts que espeteguen sota les motxilles. Beu un refresc amb gust de petroli, i pensa, i elucubra, i es desdiu, i es pregunta com ha pogut passar, com li ha pogut passar a ella. Nit de festa a casa dels Vilanova, o potser va ser a casa del Juanca, o al seu llit, o a l'habitació dels seus pares. «Ponte el condón, joder, Juanca, ponte el condón de una vez». El cas és que ara és aquí, amb un nus de pescador al coll i l'estómac regirat i ple de petits insectes. Mira al seu voltant i tot li sembla estrany i desconegut alhora. Si la veiés l'àvia... Li clavaria una bufetada d'aquelles que li acostumava a clavar quan de tant en tant arribava tard i borratxa després d'haver sortit de festa. «Vete a dormir, Jhan. Yo ya no puedo contigo. ¿Tú te has visto? Mira qué alhajita eres... Ay, por Dios. Tú lo que necesitas es una madre».

«Hija, ¿estás bien? ¿Dónde estás? He pasado por casa y he visto que no estás. ¿Es que te has quedado en el instituto?», li pregunta altre cop la pesada de la mare.

Clínica Ginecològica. Centre adscrit al servei d'avortament gratuït, deia l'anunci que ha vist aquest matí per internet. Aleshores ha trucat al Juanca. Volia explicar-l'hi, però no s'hi ha atrevit, no s'hi ha vist amb cor, així que li ha dit que li trucava per res, per res, per passar el temps, que «ya nos veremos en otro momento, ¿vale, Juanca?...». Abans d'entrar li han ofert un formulari que ha hagut d'omplir detingudament asseguda sola en una cadira rònega. Dits tremolosos subjectant el bolígraf i... nom, edat, adreça, motius que la porten a voler practicar la interrupció de l'embaràs. Embaràs. Una paraula amarga que fa un temps ni tan sols s'hauria imaginat que pogués formar part del seu vocabulari. Jo no penso ser mare!, es diu clavant-se un cop de puny imaginari a l'estómac. A Bolívia, la seva amiga Roxana va aconseguir avortar prenent-se unes herbes remeieres que va comprar en un herbolari del barri. L'àvia en coneix moltes, d'aquestes herbes. Ruda, sàlvia, atanàsia. Segons deien, si les barrejaves amb un litre d'aigua i te les prenies de cop, et deixaven ben neta per dins, sense cap mena de rastre. Potser si ho fes, si es prengués una infusió, si fes com la seva amiga Roxana, aconseguiria desempallegar-se d'aquesta mongeta que deu portar a dins i per la qual sent tan sols odi i menyspreu i ràbia. Es pregunta com ha pogut passar això. Quan ho sàpiga la mare... No. Aquest nom s'ha de guanyar a pols. No es mereix ni tan sols que es digni a anomenar-la així.

«Mi hija, veo que has leído los mensajes. Al menos contéstame, por favor. ¿Va todo bien?».

Una secretària avisa una noia que s'asseu davant seu amb les cames ben rígides.

—Lara Castro?

Deu tenir uns divuit anys, o més. El nas recte, la crinera negra, les parpelles inflades, feixugues. Va acompanyada d'una dona més gran que podria ser la seva mare i que no li para de fer carícies al braç per tranquil·litzar-la. Passen totes dues cap a un despatxet i desapareixen darrere un rastre de silenci. Els pensaments difusos s'instal·len al cap de la Jhanet i es fan densos com un llac de mercuri. Sense voler hi torna, al túnel del temps, sempre als mateixos dos o tres moments que conformen la seva biografia, però sempre amb alguna variant, amb petits matisos que ofereixen un punt d'irrealitat i ingravidesa a l'escena. Porticons tancats, un fil de llum sobre les parpelles, el miol d'un gat, els passos de l'àvia que s'acosta amb un bitllet d'avió i li diu: «Es el momento de marcharse, Jhan. Yo te quiero mucho, hijita. Mucho. Pero tú necesitas una madre. Dale, ve a hacerte la bolsa, que ya he hablado con tu madre». «Pero yo no quiero irme, mamita». «Ya lo hemos pactado. No discutas. Tú necesitas a alguien que te haga ir recta y que te enderece. Aquí te estás perdiendo, mi niña. Va, ve a hacerte la maleta, que tu madre te espera». Es fixa en les rajoles blanques i veu un rectangle de sol que es projecta a través de les finestres. A Bolívia ara deu ser de nit. I l'àvia? Què deu estar fent, la seva estimada àvia? Es morirà sense tornar a veure-la? L'enyora tant. Es pregunta si s'hauria d'haver quedat per sempre més a Cochabamba.

Emoticona amb careta somrient (la mare).

Es remou a la cadira i veu que la noia d'uns divuit anys surt amb la mare, que li parla dolçament a cau d'orella. Queden per tornar aviat a la clínica, el dia de la intervenció, que serà d'aquí a unes setmanes, segons li expliquen. Intervenció. Una altra paraula que cou i xiscla i sagna. Aleshores la Jhanet s'imagina un quiròfan, i ella amb les cames obertes, i un metge inspeccionant-la per dins, tallant-li ves a saber què, alè de vida, desprenent-la del seu jo, alliberant-la de maldecaps i tristeses. Farà mal? Li courà? Ho explicarà algun dia al Juanca? Té ganes de perbocar però se sent sola i sobretot cansada. Tan sols un lament, un fil de veu feble, un crit de socors que demana a crits que sisplau, sisplau, algú l'auxiliï.

Finalment sent una veu.

—Jhanet Díaz?

Es torna monòlit de sal.

Immutable.

Altre cop una veu.

—Jhanet Díaz, sisplau?

Durant uns segons no es mou mentre les paraules la travessen i l'embolcallen. Aleshores s'alça, i camina, i s'adreça a la porta per sortir al carrer i fugir tan ràpidament com sigui possible.

—Jhanet Díaz? —altre cop la mateixa veu, aquest cop molt més llunyana.

I ella camina i camina més enllà dels plataners de Barcelona, endinsant-se en un mar que l'engoleix i que la transporta fins al paradís de la seva infantesa. Neda entre cocoters, tucans, avingudes plenes de cotxes i sons tribals de la selva amazònica.

Natalka

La Natalka arrossega la maleta amb rodes per l'aeroport de Barcelona. Surt a l'exterior i agafa un autobús que la durà al centre, el centre de la ciutat, on viu la tieta Kalyna.

S'asseu en un seient per a embarassades i, ara sí, torna a engegar el mòbil. L'esfereeix veure tres missatges del Vasyl, el seu home.

On collons ets?

Per què no ets a casa?

He trucat a la granja i em diuen
que no saben res de tu. Digue'm
on collons ets, Natalka.

Sorprenentment no hi ha cap missatge de l'agència de ventres de lloguer ni de les seves amigues parteres. Sap que tard o d'hora s'hi posaran en contacte, quan vegin que no les va a visitar ni respon a les trucades. Ja es pot imaginar què li diran quan sàpiguen que se n'ha anat a Barcelona en comptes de quedar-se a prop per si hi ha cap emergència. «No pots arriscar-te els darrers mesos del part, Natalka. Volar en avió? Anar-te'n a l'estranger? Allunyar-te de la granja?». Si ara les tingués al davant —ja les veu, estarrufades al sofà, menjant crispetes, «Quina és la capital de Sri Lanka?»— tampoc no sap ben bé què els diria. Ni ella mateixa s'entén. Es pregunta què fa, quin sentit té haver vingut, per què darrerament es deixa guiar pels seus estranys impulsos.

Per un instant, pensa en l'Edgar i la Beth, que van ser tan amables amb ella. Se'ls imagina a tots dos malparlant d'ella, fent-la culpable, buscant per internet una nova agència de ventres de lloguer «perquè d'aquesta sí que ens en podem fiar, Edgar. Com a mínim no ens sortirà una mare de lloguer defectuosa, una mare amb tara. Com aquella noia que vam contractar a Ucraïna, te'n recordes? Com es deia? Natalka?».

Intenta apartar aquests pensaments del cap i clava el nas al vidre fred del vehicle. Se subjecta la panxa que està a punt d'explotar i pensa en la nena, la seva nena, perquè ara resulta que és seva i de ningú més.

Una nena amb tara.

Inha.

Lera.

Kejan

Irochka

I Natalka?

Una trucada l'abstreu dels seus pensaments. Sent un calfred. Altre cop el Vasyl. Mira a banda i banda assegurant-se que ningú no l'observa. Finalment, contesta amb un fil de veu.

—Natalka, on ets? M'estic preocupant.

—Soc a Barcelona, Vasyl.

Dos segons més tard i...

—Què? Estàs boja? Què hi fots, a Barcelona?

—M'estaré a casa la meva tieta. Necessito un temps per pensar, ho sento.

—I per això t'has endut tots els diners que deus haver cobrat, oi?

—Deixa'm en pau, Vasyl. Els diners són meus. I no em cridis més, sisplau. Deixa'm. —I li penja.

Camina per un carrer estret i fosc del barri de Ciutat Vella. Les primeres impressions que s'endú de Barcelona prenen una força rabiosa, insolent. Un tros de rajola esquerdada. Un ciclista que l'esquiva fent esses. Un colom picotejant una molla de pa. La pota d'un gos pixant a la cantonada. Unes mans subjectant un kebab. Bombolla de xiclet blau darrere una rialla. Clàxons dissonants de cotxes. Camina i camina fins que arriba al carrer Escudellers seguint les indicacions que li va marcant el GPS del mòbil.

Es planta davant d'un edifici de porta massissa i truca al porter automàtic amb un dit tremolós i un nus a la gola. Principal segona.

Altre cop. Dos trucs.

Ningú no contesta.

Decideix esperar uns quants minuts i s'asseu al primer banc que troba lliure. Es deixa caure amb lentitud, en una postura antinatural, cames obertes, mentre es disposa a esperar la tieta el temps que faci falta.

És preferible no pensar, ho sap. Però els pensaments arriben a ella i l'embolcallen, entrellaçant-se. Es pregunta si la seva nena deu notar tot el que està passant. Ni tan sols ha nascut i ja té uns pares que l'han abandonada. I ella? Què farà, ella? Quedar-se-la? Impossible, ni tan sols és seva. O potser sí que és una mica seva. No siguis idiota, Natalka, es repeteix mentre s'enganxa amb cola els pensaments al cap. Tu tan sols ets un farcell, un contenidor, un ventre de plàstic. Però el que és cert és que aquí dins hi ha una vida que encara palpita. Tot format: cap, extremitats, pulmons, cor, sobretot un gran cor, que batega amb força. Li ve al cap la conversa amb la gerent de la clínica. Coartació de la vena aorta. Problemes cardíacs greus. Els pares no volen quedar-se la criatura. Una criatura amb tara. S'imagina un cor esquerdat ple de sang, pus i petits insectes. Un cor fallit, que bombeja amb dificultat, que s'atura. Es pregunta si morirà aviat, la seva criatura. Es mossega els artells dels dits per calmar l'ànsia. Es pregunta si es deu haver equivocat fugint, venint a Barcelona, canviant de paisatge. Ella i els seus dubtes eterns. Tota la seva vida, tota, s'ha dedicat a fer el que li diuen els altres. Primer fent cas de la mare, quan era petita: «No t'embrutis les sabates, Natalka». Després del Vasyl : «Fes aquesta feina i ens comprarem una casa, Natalka». Més tard seguint els consells de les amigues de la granja de pollastres: «Sobretot no mireu, noies. Mans a les butxaques». Però ja en comença a estar farta, d'escoltar sempre els consells i les observacions dels altres. La tímida Natalka, la fràgil Natalka, la temorosa Natalka.

Fins avui.

Quatre gotetes de pluja cauen sobre els seus cabells. Al costat, assegut al mateix banc, un home amb bastó li escruta la panxa.

—Embarassada? *Pregnant?* —pregunta ara l'home amb un somriure franc.

—Sí —contesta ella amb timidesa.

L'home s'alça les ulleres i se les col·loca damunt del pont del nas. Treu un paraigua blau i li proposa amagar-s'hi tots dos, creant una petita cova.

—Boy or girl? —pregunta ell amb un somriure tendre.

Per primer cop la Natalka se sent capaç de contestar malgrat les distàncies. Fins ara esquivava les preguntes de les veïnes i les amigues que no acabaven de veure amb bons ulls el que ella considerava tan sols una feina. «Què fas? No és teu? Com ho vius? No se't fa estrany, això d'haver de donar la criatura?». Però avui, per primer cop, respon en un altre to, amb unes noves ganes de posicionar-se al món, amb una veu que a poc a poc va guanyant fermesa.

—Yes, is a girl, my beautiful girl. —Juga, crea, imagina.

Emma

—Felicitats, estimada filla —em diu la mare lliurant-me un regal embolicat amb paper crespó i un llaç blau—. Feliços quaranta.

Quaranta. La llosa. De cop em sento com una senyora envellida plena de bonys i cicatrius. Avui en faig quaranta. Pam. Me n'havia volgut oblidar fins que la mare s'ha encarregat de recordar-m'ho.

—Qui ho havia de dir, eh? Si fa quatre dies encara eres una criatura.

Somric en veure els ulls intrèpids de la mare. Em mira amb tendresa al rostre, una tendresa que se li desborda per tots els orificis de la pell. En un acte impulsiu li faig una abraçada. Aleshores obro el regal que m'ofereix amb les mans tremoloses i... No. No m'ho puc creure. Però què és això, mare? Un conjunt de roba interior? No, no pot ser, amb unes lligacames? Me la miro desconcertada i sense saber exactament quina cara fer.

—Però que no dius que avui surts amb les amigues, nena? Mira, no se sap mai què pot passar.

—Però, mare...

—Va, que darrerament estàs molt sola. I digue'm antiga, si vols, però jo el que crec que necessites és sortir i distreure't una mica.

Davant les evasives i segones intencions de la mare, em quedo com sempre, fora de joc. *Fade out*. No tinc respostes. La mirada incisiva de la mare em convida a elucubrar ràpidament una resposta.

—A més, en una nit boja d'aquestes mai saps el que pot arribar a passar...

La mare en atac. Altre cop les maleïdes insinuacions en forma de llança. Surt, posa't sexy, troba parella, aconsegueix un marit com Déu mana, amb qui podràs casar-te i tenir fills, fills vius, fills sans, fills que no es moriran, fills que podràs recordar sempre, fills que es convertiran en els meus nets, fills com Déu mana.

—Gràcies, mare, però no crec que aquest conjunt de roba interior sigui gaire el meu estil.

Fa cara de decebuda. Sembla un cadell degollat, ara, la pobra. L'observo de nou i penso que en el fons em sap greu. Durant tot aquest temps ha estat cuidant-me, ocupant-se de mi, estimant-me a la seva manera. I jo l'únic que he fet és contestar-li amb ràbia i menyspreu.

—L'hi donaré una oportunitat, va —li acabo dient, disposada a no ferir-li més els sentiments—. Et juro que aquesta nit me'l posaré.

—M'ho promets?

—Que síií. T'ho prometo, mare. —Molsa a les orelles.

Arriba el vespre i practico el mateix ritual de sempre. Truco a les amigues i els dic «Ho sento, nenes, però avui no sé què em passa però tinc mal de cap. Quedem un altre dia, val?», i decideixo no mirar el mòbil. Potser és la necessitat d'evitar que em preguntin per certs temes, o més aviat els silencis forçats, que s'estiren com xiclets, plens d'un subtext profund, d'evasives absurdes, de frases llançades al vent, de comentaris postissos. Trobo tant a faltar els silencis de veritat, els silencis autèntics. No vull pena ni compassió, tan sols vull una mica d'amor. «L'amor i l'empatia, que al final tot ho cura», ens va dir l'Olívia en una de les sessions de les mares monstruoses en potència.

Menteixo la mare i li dic que surto a sopar amb les amigues —amb el teu conjunt de roba interior, mare, no pateixis— i baixo al pàrquing a buscar el cotxe.

Engego, poso primera, s'obre la porta del pàrquing, segona marxa, enfilo l'avinguda i em perdo pels carrers de la ciutat. Fa dies que ho faig. També algunes nits. Condueixo per inèrcia, em creuo amb gent que no conec, me n'imagino les vides, anònimes, el seu anar i venir, les seves motxilles, fills, divorcis, assetjaments laborals, històries d'amor, qui sap si criatures mortes com la meva. Milers de criatures mortes vagarejant per un espai inert. On deu ser la meva criatura? I el meu Max? On ets, fill? En quin lloc del món pares?

He llegit una mica sobre casos com el meu i he descobert que els animals, algunes espècies animals, viuen el dol d'una altra manera. Dofins, elefants, goril·les, quan pareixen una criatura morta, l'arrosseguen —l'agafen amb la trompa, la pugen a coll, la sostenen amb la boca— i la transporten durant setmanes fins que el cos entra en descomposició. Necessiten un temps de comiat, un temps per dir adeu, un temps per fer-se'n a la idea. En canvi, les persones vivim un dol angoixant i deshumanitzat. Un no dol. «Què vols, Emma? Part natural o cesària? Vols veure la criatura o no? Enterrar-lo o donar el cos a la ciència?». Decisions i més decisions que ningú no és capaç de comprendre i que molt sovint generen dolor i confusió.

«No hi ha batec», va dir el doctor March amb un somriure àcid.

«Prefereixes fer un part natural o una cesària?».

«Vols que avisem algú?».

«Truquem a la teva mare?».

M'aturo a dalt d'un mirador i contemplo la ciutat que reposa sota una llum blava. El cel té vetes de color violeta, que contrasta amb un blau fals i ple de supèrbia. La ciutat s'obre sota els meus peus com si en qualsevol moment hagués d'esfondrar-se. Al meu voltant no hi ha ningú. Silenci. Tanco els ulls i em deixo transportar per pensaments que flueixen a intervals.

Aleshores torno a sentir el so del Whats, que em desperta d'un somni letàrgic. El David. No sé si el vull tornar a veure. O potser sí. «Voldràs que ens tornem a veure algun dia, Emma?».

Guiada per una mena d'instint, li truco i espero uns segons que respongui. Per un instant em contemplo a mi mateixa des de fora, des d'una àmplia panoràmica, una Emma diminuta perduda en la immensitat d'un paisatge blau. La neu dels pulmons se'm barreja amb la nicotina i sento un fred intens a les mans. No foto pena? Nit de celebració dels meus quaranta, jo entaforada al cotxe, el lligacames de la mare, la ciutat als meus peus. Sola. Refotudament sola. Embolcallada entre els fils d'una tristesa que em corprèn i m'ofega i m'impedeix avançar.

—Hola, Emma? Quina sorpresa —contesta per fi el David.

Per primer cop no sé què dir. No sé per què li he trucat.

—Hola, perdona si és tard.

—No, no, tranquil·la. De fet, és divendres al vespre. Què fas? Jo soc a casa.

Podria explicar-li que soc aquí, dalt de la muntanya, que em dedico a observar la ciutat i a inventar-me vides ben diferents de la meva. Però no li dic res d'això —darrerament menteixes tant, Emma— i li dic que sí, sí, mira, era per aquí, no faig res en concret, soc a casa, avorrida.

—Vols... vols que parlem?

—Psi... —contesto sense saber exactament si tinc ganes de parlar amb ell o no.

—Em sap greu si l'altre dia vaig fer res...

—Tranquil —dic—. Va ser cosa meva. Darrerament no estic passant per un bon moment. Potser no hauria hagut de quedar amb ningú. I ja està. De fet, potser només volia companyia...

Un silenci llarg i:

—Vols que parlem una estona?

No sé què dir. Parlar amb un desconegut, algú que no sap res de mi, algú que no em jutja.

—Potser sí... —contesto finalment—. Però és millor que parlis tu. Què fas, ara?

Aleshores m'explica que és a casa prenent-se un gintònic a la terrassa tot sol, que darrerament tampoc no té gaires ganes de sortir, que entén que em senti trista. «Emma, és una època estranya i el món sencer sembla que s'estigui tornant boig, com en una mena d'epidèmia macabra, com si estiguéssim presenciant els nostres darrers dies i estiguéssim, no riguis ara, eh, però en una mena de Guerra Mundial Z». La comparació amb la pel·li de ciència-ficció em fa riure i sense adonar-nos-en comencem a parlar amb més confiança. M'incorporo al seient del vehicle amb la ciutat com a teló de fons. Gent vivint les seves vides, parelles follant, d'altres a punt de separar-se, sincronies i més sincronies.

—T'agrada el cinema, a tu?

—Sí, m'agrada.

—I els llibres? Va, perdona la pregunta. És clar que t'agraden els llibres, si ets editora. Quins llibres t'agraden?

—Quins llibres t'agraden a tu?

No sé per què, el noi em desperta un somriure. El seu to de veu, les ganes d'escoltar, els llibres que li agraden. I això que havia de tractar-se de sexe i prou. Les aplicacions absurdes. Sense adonar-me'n, em deixo portar per la conversa amb un desconegut que per sort no sap res de la meva vida, que no em mira amb aquella barreja horrible de compassió i llàstima, de silenci i paternalisme.

Davant meu, la ciutat comença a omplir-se de llumetes que em recorden les cuques de llum que de petita jugava a perseguir amb els pares.

—Ho veus, Emma? A veure si n'atrapem una! —deia la mare.

—I les fiquem totes dins d'un pot —contestava el pare.

—Semblen estrelles del cel —deia jo, caçant-ne una i ficant-la com podia dins del pot.

Em pregunto on deu haver anat a parar el meu fill.

On ets, Max?

Un cel ple de cuques de llum.

Un cel ple d'absències.

Jhanet

Dissabte al matí. Fred a les galtes. La Jhanet està sola a casa i espera que la infusió de ruda que s'acaba de prendre li faci efecte. S'imagina trossets d'herbes minúscules barrejats amb sucs gàstrics que li recorren lentament els intestins. Tubs i orificis. La ruda assassina, es diu, mentre es mira al mirall i força un somriure histriònic. La mare no hi és. Tampoc la tieta ni la cosina Mary. «Voy a casa de los Vilanova que hoy es el cumpleaños de los mellizos y hacen una fiesta con unos cuantos invitados», li ha dit la mare abans de sortir de casa. «Quizá llegue un poco tarde, Jhan. Pero si quieres, cuando regrese podemos ver juntas una película». La Jhanet sent com l'aigua es desplaça al seu ventre i li rega els compartiments del seu cos.

Espera que faci efecte, que l'ajudi a avortar, a treure's aquest embrió que porta a dins i que des de fa un temps només li fa ràbia i repulsió, i nosa. La majoria de noies passen aquest mal tràngol amb les seves mares, es diu a si mateixa en un intent de sentir-se encara pitjor. Però ella no té la confiança de dir-li ni comentar-li res. Així que com sempre tirarà sola. Sense mare, sense pare, sense àvia, tota sola al món. I el Juanca no en sabrà res, esclar. No vol que ningú torni a abandonar-la.

Sona el Whatsapp i veu un missatge que li envia el Juanca. Li proposa sortir aquesta tarda de festa i provar unes pastilles noves que col·loquen i «luego hacemos lo que nos apetezca, mi niña». Li diu que poden anar a casa seva, que no hi ha ningú, i així podran follar tranquil·lament al llit dels seus pares. Però ella aparta aquests pensaments del crani i li diu que «hoy no, no, Juanca, hoy no me encuentro bien, ya te llamaré o, en todo caso, quedamos otro día». Emoticona amb cor. No, emoticona somrient i sense cor. Desa el mòbil i fa una inspiració profunda. Vol desconnectar, evadir-se del món, deixar que passi el mal tràngol mentre la ruda va fent a poc a poc la seva feina. S'ho repeteix un cop i un altre. No penso convertir-me en mare.

Per distreure's de les seves preocupacions surt al carrer una estona. Trota com un cavall salvatge, desbocat, sense rumb definit, enfilant carrers i places. Esquiva transeünts, cops de colze, sirenes d'ambulàncies, un món que l'agombola però que ara se li fa hostil, ingovernable. Li agrada sortir a caminar i barrejar-se amb gent que no coneix. Es pot sentir anònima, amagada sota la seva closca, una closca de tortuga, com si els problemes aquí sota esdevinguessin menys reals, fins i tot ficticis. Està a punt de creuar un semàfor quan l'envaeix una sensació de tristesa fonda. L'escuma de les seves pors comença a aflorar, les pors incessants, les pors que fa temps que l'envolten. Les llàgrimes li regalimen pel rostre i es converteixen en fang. ¿Dónde estoy? ¿Cómo me ha podido pasar? ¿Hacia dónde voy?, es pregunta. La ruda es barreja amb els sucs gàstrics i omple tots els orificis del seu cos. En un acte de desesperació decideix aturar-se i fer una trucada.

¿Eli?

Veient que la mare no li contesta, pren la decisió d'anar a buscar-la. Estás loca, Jhanet. ¿Qué le dirás? No sap per què ho fa, però necessita tenir-la a prop, explicar-l'hi a algú, explicar-l'hi com sigui a la mare.

Un metro i dos autobusos més tard es planta davant la casa dels Vilanova. Envia un missatge a la mare, però no el sent, no el veu; segurament deu estar ocupada cuidant «de mis niños, a los que cuido y amo prácticamente desde que nacieron, mi hija». Des de la llunyania, darrere la tanca metàl·lica d'una casa de rics sent una combinació perfecta de música i rialles, de converses difuses i xipolleig d'aigua, de riures histriònics i lladrucs de gos. Tot això a l'altra banda del mur, pensa. El mur que separa la mare i el món, el seu món; el mur que les separa a elles dues. S'espera una estona llarga —necesito hablar urgentemente contigo, mamá— i s'imagina fragments d'escenes que s'esdevenen a la perifèria del seu camp de visió. El matrimoni Vilanova banyant-se a la piscina, alguns amics prenent-se un vermut estirats a l'hamaca, la seva mare cuidant *de mis niños*, que canten, i juguen, i xipollegen a l'aigua perquè «nosotros podemos bañarnos aquí, pero tú no puedes, querida criada». Putos europeus blancs i classistes, pensa. Qui voldria una casa com aquesta, un món tan ordenat com el seu, una família feliç que viu als marges de realitats com la seva? «Me han dicho que no quieren que vuelvas a poner jamás los pies en su casa», recorda que li va dir la mare tota enfadada quan va saber que ella i els seus amics havien entrat a la casa sense permís. Però un cop més no se'n pot estar. Torna a trucar a la mare. Res. No deu mirar el mòbil. Altre cop l'onada de vòmit, de gelosia, de sentir-se exclosa del món. Sempre he viscut més enllà del mur, pensa.

La Jhanet, amb les temples cremant d'incertesa i la ruda recorrent-li l'estómac, decideix, ara sí, anar a trobar-se amb la mare. Vol dir-li que la necessita, vol explicar-li el que li està passant, vol tenir-la com sigui al seu costat, encara que sigui una figura llunyana. Quinze anys esperant-la. Un amic, imagina que un convidat, li obre la porta i ella entra tota decidida. Avança pel jardí amb pas ferm i esquiva les buguenvíl·lies frondoses fins a arribar a la piscina. L'estampa de la família que es troba és encara pitjor del que s'esperava. Tots en banyador, alguns canapès, globus i serpentines de colors, i un cartell de «feliç aniversari, Sara i Pol» que li fa venir basques. La seva presència crea un silenci solemne al seu voltant. Tots l'observen amb les pupil·les enceses. Qui és? D'on surt? Per què es planta a casa, aquesta noia bruna, aquesta ovella mig esgarriada? La que suposa que és la matriarca de la família deixa la copa amb mig cul d'alcohol i esbossa una ganyota amarga. El món s'enfosqueix, es torna estàtic. L'aigua de la piscina es converteix en gel i el vent deixa de remoure les branques dels arbres. Aleshores apareix l'Eli amb els dos bessons, que juguen a empaitar-se, i en veure la filla, s'atura en sec i calla. «Me han dicho que no quieren que vuelvas a poner jamás los pies en su casa».

La Jhanet de cop se sent ridícula i percep amb nitidesa tot el ventall de sons que hi ha al seu voltant. Un genoll que peta, el frec d'una tovallola, algú que s'escura la gola, un estossec greu, alenades. L'Eli s'apropa decidida a la filla i li pregunta un «¿Qué haces aquí, Jhanet? Ya sabes que aquí no puedes entrar. ¿Se puede saber qué pasa?». «Necesito hablar urgentemente contigo, mamá». Aleshores, la matriarca i el patriarca de la família s'acosten a parlar amb elles amb un posat aparentment amable, però que la Jhanet interpreta ple d'hostilitat.

—Passa res? Hi ha cap problema?

La Jhanet ho veu, sap que no és ben rebuda; va muntar una festa a casa seva i... sí, ho admet, va fer algunes destrosses. Fins i tot va follar al seu llit i es va endur unes quantes ampolles de Hardy Perfection que encara amaga sota el llit i que deuen costar un ull de la cara. Però ara que els té al davant, sent que no els té cap por. Potser la mare sí, però ella no. Cap por.

Així que alça el cap i es proposa per primera vegada ser protagonista i, si cal, antagonista de l'escena.

—Vengo a hablar con mi madre —respon tota estoica.

El matrimoni Vilanova creua una mirada d'incertesa.

—No les molestaremos, señora —s'apressa a dir l'Eli.

—Ja... —respon la matriarca—. En tot cas vagin a parlar a la cuina, sisplau. Aquí estem celebrant una festa.

L'Eli respon un «sí, señora, perdone, ahora nos vamos a la cocina» que a la Jhanet li inflama el cos.

—I, sisplau —afegeix encara el patriarca—, un cop hagin parlat li demanem a la seva filla que marxi. Avui és un dia important per a nosaltres.

L'Eli es gira cap a ells amb el posat submís de sempre.

—Això mateix —esbossa la matriarca amb un posat entre condescendent i insolent—. Em sap greu, però després del que va passar aquí, a casa, preferim que la seva filla no vingui més per aquí...

«Que la seva filla no vingui més per aquí», li acaba de dir ara la matriarca de la família amb un deix de menyspreu al rostre. Però no, no, no, l'Eli no se'n sap avenir. Aleshores veu la filla amb els ulls inflats d'haver plorat, petita i desvalguda, amb les pupil·les sense rumb que la miren fixament i li demanen auxili. No sap per què, però intueix que la Jhanet avui la necessita. Aquestes coses, les mares les saben. Les saben des que van parir els fills i van aprendre a interpretar les mirades, els plors, els silencis, els «vengo a hablar con mi madre», amb engrunes de por sota un vel de tristesa. Aleshores li surt un:

—Mi hija es primero, señores —i els deixa a tots sense paraules.

Silenci. La Jhanet no se' n sap avenir. La seva mare de sobte ha parlat. Ha aixecat el cap. Per primer cop a la vida no s'ha deixat vèncer.

—Si ella no puede estar aquí, yo tampoco —afegeix encara l'Eli—. Y no quiero que la traten así, no quiero que traten así a mi hija.

La matriarca intenta suavitzar el to i diu a l'Eli que «no cal que fem les coses més grosses, Eli; com els dic, poden anar a parlar a la cuina. A més, això no pot acabar així. Per a nosaltres és molt important, Eli. Ens l'estimem molt, a la família». Però l'Eli ja no escolta, ni veu ni sent res... Tan sols es fixa en els ulls aquosos de la filla, que es fonen a poc a poc mentre deixen anar regalims de tristesa. Aleshores es treu aquella bata que la Jhanet troba horrible i l'ofereix a la senyora, que la mira atònita i sense entendre res.

—Tengan —diu l'Eli oferint-l'hi a la senyora—. Quizá ya viene siendo hora de que deje este trabajo. Si tanto me quieren, no deberían tratar así a mi hija.

—Però, Eli, esperi's un moment...

De fons, els bessons miren, i reüllen, i els convidats no els treuen els ulls de sobre preguntant-se en tot moment si alguna cosa no va bé. Però l'Eli avança amb la Jhanet tota decidida cap a la porta mentre li passa un braç per l'espatlla i li etziba un:

—¿Qué te está pasando, mi hija? Me estás preocupando, changuita. ¿Qué me quieres decir?

—Lo siento, mamá. No paro de meterte en problemas. Lo siento otra vez.

Són gairebé a la porta quan totes dues somriuen i la Jhanet formula un «gracias, mamá» que per primer cop li surt de les entranyes. Aleshores un impuls dels seus, un gest, «una idea de locos», que en diria l'àvia, comença a aflorar dintre seu. S'omple els pulmons d'aire, corre cap a la piscina i s'hi tira tot fent bomba. Plaf.

Quan surt, gotes d'aigua a les parpelles, veu tot de rostres triangulars observant-la amb les boques tortes. I la Jhanet neda, i se submergeix, i l'Eli l'observa des de la porta negant amb el cap i murmurant:

—Va, hijita, vámonos, que esto no hace falta. Volvamos a casa pues.

Natalka

Tot d'una, la cuina de la tieta Kalyna s'omple d'olors i de sabors. Fonoll, alfàbrega, xili, pebre vermell, romaní, farigola. Un ventall d'aromes que la transporten a una infantesa remota, al poble de Stanytsia, a Ucraïna, on vivia amb la mare i les germanes. Sovint jugaven a fet i amagar al bosc del costat de casa. «On carai t'has amagat, fràgil i petita Natalka?». I ella s'amagava al bosc profund, darrere el tronc d'un arbre centenari, on hi havia un forat per ficar-hi la mà i hi amagava tresors, varetes, monedes, tot el que trobava. Ara fica un dit a l'olla per comprovar la temperatura de l'aigua. Crema. Hi afegirà un pessic de sal i un bon raig d'oli. A l'illa de fusta hi comença a trossejar col, pastanagues, ceba i remolatxa, perquè el caldo tingui consistència i sabor. S'eixuga una llàgrima àcida amb el puny del xandall. La ceba la fa plorar. És clar que avui no sap si és la ceba o la distància. O qui sap si és la por del moment del part, que lentament es comença a apropar. «No miri's, sobretot no miris», li diu sempre la Svetlana, tan segura del que s'ha de fer en tot moment. Però ella no sap si mirar o no mirar, si estimar-se la nena o no estimar-se-la, si sentir un odi creixent cap a la parella d'irlandesos o agrair-los que en el fons s'hagin fet enrere. Dubtes i més dubtes. Què faràs ara amb la teva vida, Natalka?

Al cap d'unes hores la tieta Kalyna torna a casa arrossegant els peus com si fossin cadenes. Deixa la bossa damunt la taula —dos estossecs, un sospir, una alenada— i es mira el caldo que reposa sobre els fogons. Els ventres de les dues dones impacten un segon i totes dues es posen a riure. Fa setmanes que no em faig una foto de la panxa, pensa la Natalka, recordant fugaçment les peticions de la Beth.

Més tard, totes dues amb el bol del caldo descansant sobre els genolls, cullera en mà, televisor encès, parlen en veu baixa.

—Has comès una equivocació venint —diu la tieta, amb la boca plena de trossets de pastanaga i fils de vedella.

La Natalka es mira la tieta i deixa la cullera suspesa a l'aire.

—Si vols, puc anar-me'n i buscar-me algun altre lloc on viure.

—No es tracta d'això, Natalka. Ja m'agrada que t'estiguis amb mi. Però... el que no entenc és per què has vingut.

La Natalka aparta el bol i deixa un moment la safata damunt la taula. Per què ha vingut. No ho sap. Fugir. Es pregunta si no ha estat una covarda.

—Si cal, buscaré una feina i t'ajudaré a pagar el pis.

—Com vols buscar una feina en el teu estat, eh? Tu t'has vist? —li assenyala la panxa—. El que hauries de fer és tornar a casa amb el teu marit.

—No vull tornar amb el Vasyl. Almenys no de moment.

—Què ha passat amb el Vasyl?

—Ara no en vull parlar, tieta.

La tieta xarrupa una cullerada de caldo i se la queda mirant amb la cella arquejada. La Natalka no en vol parlar, del Vasyl. Un nom que tem, que vol oblidar, que voldria apartar del seu món, encara que fos tan sols durant unes hores.

—I amb aquesta criatura, què penses fer, eh? Perquè et recordo que aquesta criatura no és teva, Natalka.

Sense esperar resposta, la tieta li parla d'una fundació que li va ser de gran ajuda quan va arribar a Espanya. Ajuden les dones ucraïneses a fer els tràmits per obtenir els papers, a trobar-los un allotjament, a formar-les per aconseguir una feina.

—Coneixeràs moltes noies en una situació semblant a la teva, Natalka. Us podreu ajudar. Però el primer que has de decidir és què vols fer amb aquesta criatura. Una criatura que no és teva —afegeix la tieta—. Perquè suposo que no et deu pas passar pel cap de quedar-te-la, oi? És més, de fet no crec ni que sigui legal. No, és clar que no te la quedaràs —conclou la tieta enduent-se un sucós grill de mandarina a la boca.

La Natalka aprofita que la tieta és a la cuina rentant plats per estirar-se al sofà i deixar que els pensaments l'embolcallin. Juga amb els botons del comandament fins que troba un documental semblant als que veia amb les amigues de la granja de pollastres. Els documentals i els concursos de televisió s'han convertit en la banda sonora de la seva vida. Aquest que hi ha ara, sobre el llop gegant que viu al nord del continent americà, li sembla que la distraurà una estona. Què vull fer amb la meva vida? «No és teva, Natalka. La criatura no és teva». Aleshores de qui és? La resposta fa feredat.

De ningú, pensa.

S'ho repeteix:

La criatura no és de ningú.

Si no és que algú se n'apiada.

S'acarona la panxa amb suavitat i situa el dit índex al costat del melic. Prem amb delicadesa un interruptor invisible i... clic, de cop, apareix un petit bony al costat del seu dit. Sent una fiblada al cor que la posa en estat d'alerta. No, no pot ser. La criatura s'ha mogut, sembla que està desperta. Aleshores situa el dit a un altre punt de la panxa, més amunt del melic, i altre cop veu que el bony apareix i desapareix com si volgués transmetre-li alguna mena de missatge. La criatura és dins seu, bategant, viva, coartació de l'aorta. Torna a moure un dit, que situa més amunt de l'abdomen. I apareix un altre petit bony en forma de punxa que apareix i desapareix com per art de màgia. Aleshores, vigilant que la tieta no la senti, sentint-se en certa manera culpable, esbossa unes primeres paraules. Hola, preciosa. S'hi està bé, aquí dins? Vols... vols que juguem una estona?

Al llindar de la porta, la tieta, amb els guants a la mà plens de bombolles, fa estona que l'observa. Nega amb el cap i pronuncia amb un fil de veu: «Treu-t'ho del cap, sisplau, sisplau, Natalka».

Emma

Acabo de corregir el manuscrit i penso que sí, que el convertirem en una bona novel·la.

Em ve al cap una idea: tots, tots, tots necessitem explicar-nos una bona història.

Quin és el final de la teva història, Emma? Té final?

No. Hi ha històries que no tenen final.

Hi ha històries que viuen i perviuran per sempre.

Jhanet

Peus gelats a les rajoles. Silenci greu de fons. La Jhanet és al lavabo d'una clínica acabant-se de vestir i de cordar-se les sabates. En sortir, la recepcionista els diu que després de l'entrevista amb el psiquiatre i l'ecografia que han fet ja ho tenen tot a punt per practicar la intervenció. «Intervenció». «Poden venir d'aquí a dos dimarts, i ara firmi'm aquests papers, sisplau».

L'Eli firma amb el pols tremolós mentre tota ella es va vinclant com una canya de bambú com les que hi havia al pati de l'àvia.

La Jhanet l'observa un instant llarg.

Una mare convertida en canya.

Una mare convertida en pansa.

Des de quan?

Travessen un carrer llarg i la Jhanet es disposa a fer una pregunta que des de fa anys porta encriptada al cor.

—Tres veces en once años. Solo tres veces. ¿Tanto te costaba venir a verme un poquitico más, mamá?

L'Eli s'atura en sec.

Tiene razón, pensa.

Tres vegades. Tan sols va anar a veure la seva filla tres vegades.

Natalka

Un cor ple de formigues i àcars. Un xiscle de nadó asfixiant. Una criatura que es transforma en un petit àlien, amb els ulls clars de l'Edgar i la tempesta de pigues d'una donant d'òvuls que s'ha imaginat tantes vegades. Intenta agafar-la a coll, però la criatura, no, no, no, se li fon als braços. Ara és una criatura sense braç, sense cama, amb el ventre partit per dues meitats, amb les conques oculars buides i el cor esventrat.

Es desperta tota angoixada i ofega un crit per no despertar la tieta.

Aleshores una idea, una fe, una creença.

«La teva mare soc jo». O bé: «Jo seré la teva mare, petita».

Emma

Mà sobre el pom desigual. Obro la porta amb delicadesa. L'escletxa de la porta em permet veure sis dones —avui cap home— i l'Olívia al centre del sistema solar. Entro cautelosa i m'assec a la cadira buida que tenen reservada estrictament per a mi. «Benvinguda, Emma». «Hola, hola, perdoneu, eh». Altre cop arribo tard. Mai hauria dit que algun dia m'arribés a poder asseure aquí per compartir els meus sentiments amb les altres mares. Les mares monstruoses en potència. Marta, Montse, Sònia, Clara. Fins i tot en començo a conèixer els noms. Totes són aquí per un mateix motiu. «El dol és tan difícil de fer», es diuen les unes a les altres. «Se n'ha de parlar, expressar, deixar anar, compartir...». Paraules que sonen a tòpics —*autocompassió, victimisme*?, però que a poc a poc es converteixen en el meu únic consol. M'assec a la cadira i em disposo a escoltar una nova història.

—A nosaltres ja ens ha passat tres vegades —diu una noia jove que juga amb un floc de cabells—. I el pitjor de tot és el silenci de la gent. Ningú no en parla, ningú no et pregunta, ningú no et diu res...

—És exactament així —afegeix l'Olívia—. Els silencis. Els silencis, que poden arribar a ser feridors. Molta gent no ho fa amb mala intenció, sinó més aviat per por. No saben com tractar-vos. Això els incomoda, esclar. I encara us fan sentir més soles.

Em pregunto com es concretaran les pors de l'Olívia. Tan jove i plena de vida, tan vella i tan espantada alhora. Me la imagino baixant d'un avió perquè li fan por les alçades, o bé entrant en crisi per una petició formal de viure en parella, o bé quedant-se en blanc en una xerrada a l'hospital davant d'un centenar de persones. Com i en què es concretaran les pors de l'Olívia i com es concreten les meves és un tema que darrerament em fa pensar. Por de tornar-ho a intentar, por de tornar a passar pel mateix, por del rebuig social, del silenci, de tornar a enfrontar-me altre cop amb la mort. Per què tens tantes pors, Emma? M'observo a mi mateixa des de fora i penso que darrerament la meva vida s'ha convertit en un absurd. Em venen al cap les meves anades i vingudes al contenidor, les converses amb la mare, les trucades ben entrada la nit amb el David, les sortides nocturnes a la plaça o al mirador de llum blava.

—Algú més vol parlar? —em pregunta l'Olívia clavant-me una llambregada curta.

—No... No ho sé... —responc dubitativa.

Ara totes les mirades se centren en mi.

—Com vulguis —em contesta amb tota la prudència i delicadesa del món—. Ja trobaràs el teu moment, Emma.

Rostres desolats, envellits, plens de cicatrius, algun petit somriure. Totes elles són més semblants a mi del que voldria creure, em dic. Aleshores una força interior, una mena de monstre que habita adormit sota l'epidermis, s'obre camí i no, no, no, m'obliga a expressar-me.

—Jo —inspiro tot l'aire que puc— estava embarassada de quasi vuit mesos quan em van dir que no hi havia batec.

Totes assenteixen. Ho saben. La majoria d'elles han passat per una situació semblant.

—Em van dir que la criatura —encara no goso dir-ne el nom— havia mort per una volta de cordó. Es va ofegar. Ves a saber quanta estona va passar dintre meu completament mort, mentre jo feia vida normal, sense ni tan sols adonar-me'n.

Un rictus de dolor s'instal·la al rostre d'una de les mares. Em miren, es mostren atentes en tot moment al meu relat.

—A partir d'aquí tot va ser molt difícil. Em van dir que havia de triar entre un part natural o cesària. Com qui et diu de triar entre carn o peix. Pasta o lasanya.

Alguns somriures. Fins i tot jo acabo somrient per l'absurditat de la meva anècdota.

—El part, perquè finalment vaig triar part, va ser... va ser horrible... —intento balbucejar—. Saber que havia de parir un fill mort... era molt difícil.

La veu se'm comença a trencar.

—Perquè per a mi ja era un nen. Tenia nom. Es deia Max. Es diu Max.

—És un nom molt bonic —pronuncia tímidament una de les dones.

—Preciós —diu la noia del costat, mentre assenteix amb una espurna de confidencialitat impostada.

—El cas és que... finalment el vaig expulsar. I ja està. Fi de la història.

Tres gotes de pluja i algun estossec a deshora. El cel es torna rúfol i un vent suau s'escola per una escletxa de la finestra i crea un xiuxiueig gairebé imperceptible. La tonalitat de l'aula, una aula petita, amb quatre cadires i una taula entaforada al fons, comença a adoptar una atmosfera càlida.

—Aleshores —continuo— el doctor em va preguntar si el volia veure. Si el volia tenir un moment en braços.

Totes em miren amb les ninetes expectants. Se'm fa un nus a la gola.

—Vaig tenir-lo una estona en braços, acaronant-lo, parlant-li. Era... era simplement preciós.

Es fa un silenci blanc.

—Tenia els ulls closos, les galtes rosades, els llavis d'un color violeta. Era bonic. Preciós. I tenia un clotet a la barbeta. Ara riureu, eh, però em va recordar el clotet que també tenia el meu pare.

(Un dia al camp estirada sobre la gespa, un raig de sol impactant-me a les parpelles, el refilet d'una cadernera, aquella sensació de pau i... ell i jo sols, el Max als meus braços; li acaricio els cabells, amb tendresa, mentre li explico un conte que inclou totes les meravelles del món. Hi havia una vegada, Max...)

—Vaig tenir-lo damunt meu uns quants minuts. No sé quants... Uns minuts, emocionants, que es van fer curtíssims. El més difícil de tot va ser deixar-lo, lliurar-lo en braços de la infermera, que em deia «Queda-te'l, si vols, una estona més, bonica».

—Deu ser un moment molt difícil, sí —afegeix l'Olívia, assentint amb el cap.

—Jo no en vaig ser capaç —diu una altra dona, amb un fil de veu.

—Segur que et va anar molt bé poder-lo tenir una estona en braços. A la teva manera te'n vas poder acomiadar —balbuceja una altra.

Nego amb el cap.

—No. Sento que ni en aquell moment ni ara me n'he pogut acomiadar. El vam enterrar i ja està. Un cementiri fred, quatre flors que va dur ma mare. Un lloc que ni tan sols em remet a cap record. I no ho sé... A mi això de no tenir un lloc especial per a ell se'm fa molt difícil. No hi deixo de pensar.

Algú m'etziba un «t'entenc molt bé» i totes assenteixen. M'abstrec dels rostres que em miren i em capbusso altra vegada en aquell moment que no he pogut esborrar mai. El moment de deixar-lo a algú altre, de dir-li adeu per sempre, de perdre'l de vista per aquella escletxa de la porta entre passes d'infermeres i carretons plens de tovalloles ensangonades.

—El cas és que ara em trobo que... —no sé com explicar-ho— no tinc cap espai físic que em pugui recordar el meu fill. Per això no m'atreveixo ni a llençar la seva roba. És com si no me'n pogués acomiadar, encara. És com si... encara no pogués ferme a la idea que realment és mort.

Es fa un silenci feixuc de porta massissa. Cap plor ni res que s'assembli a la pornografia emocional que tant qüestionava. Hi ha assentiments de cap, un lleu somriure, una mà que se situa a la meva espatlla oferint-me confort.

—Ara us en fotreu de mi, eh? —continuo—. Però em passo els dies conduint per la ciutat i tornant a la plaça on va començar tot. Allà sento que encara hi era, que el seu cor bategava, que encara es movia una mica dintre meu. Sento que si torno allà, d'alguna manera... torno a ell, torno a algun lloc.

Per fi l'Olívia pren la paraula.

—Els llocs com tu dius són molt importants, Emma. En aquests casos, com quan no hi ha un lloc físic i especial per a la criatura, recomanem fer un petit ritual per poder-se acomiadar del bebè.

L'escolto amb una atenció desmesurada.

—L'acte de comiat és important, dir-li adeu. No és un adeu per sempre. És un adeu i fins aviat. Un adeu i fins sempre.

Una llàgrima primerenca treu el cap, però en el darrer moment es fa enrere.

—Pots buscar algun dibuix, una ecografia, algun objecte que et recordi a ell, com ara flors, el que tu vulguis. Ho pots ficar dins d'una capsa i fer una petita cerimònia de comiat. És important —afegeix l'Olívia en un to de veu que em recorda les onades del mar—, és important poder-te'n acomiadar. Poder-li dir adeu.

Les paraules de l'Olívia ressonen dins del meu cap.

No és un adeu per sempre.

És un adeu i fins aviat.

És un adeu i fins sempre.

Jhanet

Els cabells, llarguíssims, se li enganxen al cor. La Jhanet fa estona que observa el tutor, l'Èric, brandar el cap a banda i banda amb els ulls fixos a l'ordinador. Porta del despatx tancada, i de fons sent els sorolls tranquils que venen de fora: les passes d'algun estudiant, algú que escombra sense pressa, l'aigua que raja d'una aixeta, el motor llunyà d'algun vehicle, el so del teclat passant pàgines a l'ordinador. De tant en tant, ella i la mare es miren de reüll sabent que comparteixen secrets que les fan posar tristes. Avortament, l'Eli ha perdut la feina, la Jhanet se'n sent culpable. Tants i tants obstacles que dificulten cada vegada més la seva relació, una relació que sembla impossible.

—Moltes gràcies per haver vingut —diu el professor prenent la paraula—. Sembla que tenim més bones notícies. La Jhanet ha canviat força l'actitud. I sí, sembla que ha començat a treure més bones notes.

La mare es mira la filla amb els ulls plens d'incertesa. La Jhanet tampoc no se'n sap avenir. Bones notícies. Darrerament ha estudiat més, sí. Ha fet els deures i s'ha preparat una mica més els exàmens. Tot i així, li sembla impossible que algú valori el seu esforç i li digui paraules amables.

—Sembla que les classes de reforç estan anant força bé —afegeix el tutor, assentint amb el cap—. Les convido a continuar així. Continua així, Jhanet. Sé que arribar a mig curs no és gens fàcil. Però darrerament, ho hem de dir, tots els professors hem trobat que has fet una certa millora.

—Muchas gracias, señor tutor —contesta la mare.

«Señor», a la Jhanet la paraula la irrita i li fa pensar en la família Vilanova. Però avui no s'atreveix a dir res, avui no, i encara menys a portar-li la contrària.

—Només els vull dir que soc aquí per al que em necessitin. Dubtes, qualsevol problema. Aquí, a l'institut, ens agrada fer un seguiment proper dels alumnes. I ja ho saps, Jhanet, si hi ha res que et preocupa, pots venir a parlar amb mi, d'acord?

D'acord, «señor Èric».

Dos monòlits de sal enfilen un carrer llarg i ple d'arbres. Cap de les dues no s'atreveix a trencar el gel, o a felicitar l'altra. Les paraules del professor les han tranquil·litzat momentàniament malgrat que totes dues saben que tenen entre mans altres temes molt més seriosos. El futur avortament, els amics de la Jhanet, la relació dolorosa amb la mare.

—Siento si por mi culpa has perdido el trabajo. —La veu de la Jhanet finament sorgeix del silenci.

—No ha sido culpa tuya, Jhanet. He sido yo quien ha dejado el trabajo.

—¿Y ahora qué vas a hacer?

—Pues buscarme otro. Seguiré preguntando, dando voces, intentaré ir a trabajar donde sea. Quizá cuidando a abuelos. O de lo que encuentre, mi hija...

La Jhanet assenteix i aquest cop no diu res, no replica.

—Lo siento si durante este tiempo no he estado muy pendiente de ti, changuita —diu ara la mare.

—...

—Ni siquiera sabía, ni me podía imaginar, que ya hubieras tenido relaciones sexuales, hija.

La Jhanet sent que la vergonya li crema les galtes. Gira el cap i no diu res. Un estossec, apressa el pas i fixa la mirada a les rajoles.

—Yo... ya sé que las cosas no han ido como te esperabas... Tendría que haberte dedicado más tiempo, darme cuenta de que en el fondo me necesitabas.

La Jhanet per primer cop l'escolta. La mare sembla parlar clar i ella no hi està avesada. Tot i així, la conversa l'incomoda i no sap com fugir-ne.

—Tener un hijo es algo muy serio, hija —diu ara la mare—. Si quieres abortar estaré a tu lado, ya lo sabes. Pero si no quieres... —s'empassa la saliva—, si no quieres, yo podría ayudarte...

—¿Qué?

—Podría ayudarte a cuidar al crío, como a mí me ayudó tu abuela.

—¿Qué dices, mamá? Basta. Cállate.

—Piénsalo, Jhanet... Solo te pido que te lo pienses un poquitico.

Una muntanya de sensacions indesxifrables s'instal·len al cos de la Jhanet. Ser mare, tenir un fill. «Yo podría ayudarte». La possibilitat que li planteja la mare ni tan sols forma part d'una equació possible de les que resolen últimament a classe. Ser mare. No, de cap manera. Ella ara vol sortir, estudiar, tenir un futur, no pas com el que ha tingut la vida de la seva trista mare. La mare tan sols tenia dinou anys quan la va tenir i es va disposar a crear la seva pròpia família. Il·lusa. La Jhanet ni es pot imaginar que d'aquí a quatre anys ella vulgui tenir un fill i es pugui convertir en una persona —en una mare?— responsable. No, ella no pensa repetir el futur que ha tingut la desgraciada de la seva mare. Fugint, havent de córrer món... abandonant-la.

Caminen una estona més fins que la Jhanet expulsa per fi els seus dimonis.

—¿Por qué solo viniste tres veces en once años? Solo tres veces. No me has contestado nunca, mamá.

L'Eli li retorna una mirada plena d'angoixa. No és la primera vegada que la Jhanet li fa aquesta pregunta i ella no sap què ha de respondre. Possiblement és la pregunta més difícil que li han formulat mai.

—Si quieres que te diga la verdad, no lo sé... Quería, pero nunca encontraba el momento. Traer a una niña aquí es muy difícil, mi hija. Primero viví unos cuantos años sin tener los papeles; iba cambiando constantemente de trabajo, no me aseguraban en ningún sitio y me sentía muy sola. ¿Tú te imaginas a una madre aquí sola, con una niña? ¿Qué habría hecho yo cuando tú te pusieras enferma, eh? ¿Quién te habría cuidado? Estabas mucho mejor con tu abuela.

—Te estoy preguntando por qué solo viniste a verme tres veces, Eli.

La Jhanet es queda mirant la mare fixament. Un instant llarg. El món s'atura i els transeünts es converteixen en boira. Tan sols elles dues. Reptant-se amb la mirada.

—Porque me daba pánico, mi hija. Supongo que era eso. No sé qué decir... Tan solo eso: pánico.

A l'Eli se li entelen els ulls i s'eixuga una llàgrima amb el palmell de la mà.

—Vivir lejos de ti era como verme mutilada. Como si me faltase una pierna, un brazo, incluso la cabeza. Iba por el mundo con la sensación constante de que siempre me faltaba algo. Me faltabas tú, Jhan.

La Jhanet intenta assimilar les paraules.

—Ni la tía, ni las conversaciones con la abuela, ni siquiera un novio que tuve aquí durante unos años, me aliviaban la sensación de sentirme así: mutilada.

La Jhanet integra les paraules de la seva mare a marxes forçades. Mutilada? Un nòvio? Des de quan la seva mare va tenir un nòvio? Aquesta part de l'equació, de nou, se li fa incontrolable. Intenta respirar fort i recompondre's. No pot, no se'n surt. La mare és una desconeguda, encara. Es pregunta quantes converses caldran per arribar-se a posar al dia de les seves vides respectives. Once años separadas son muchos años, es diu. Massa. Vides diferents, més enllà del mur, oceans pel mig, cartes i més cartes inacabades. Les distàncies.

—¿Quieres que vayamos al mar, mi hija? —la sorprèn la mare.

—¿Ahora?

—¿Por qué no? Yo hoy no tengo nada que hacer, y tú tampoco. ¿Quieres que nos bañemos juntas en el mar? Era algo que siempre habías querido, ¿no?

Minuts més tard la Jhanet i l'Eli passen per casa a buscar els banyadors i es preparen un parell d'entrepans de tonyina i dues peces de fruita.

Agafen l'autobús —cuada de gent, somriures, s'aferren a la barra— i al cap d'una estona arriben a la platja.

Estiren les tovalloles i s'unten els cossos bruns amb crema solar.

A la una, a les dues i a les tres!

I corren cap a l'aigua.

Per primer cop riuen i s'obliden momentàniament que l'Eli fa uns dies que busca feina i que no en troba, i que la Jhanet n'és en certa manera culpable, i que cap de les dues sap gaire bé com relacionar-se amb l'altra, ja que darrerament l'únic que fan és barallar-se i eixamplar encara més les distàncies. I per un moment la Jhanet també s'oblida del seu desig imminent de fugir tan aviat com sigui possible a Bolívia, de tornar-se'n amb l'àvia, a qui sent que voldria abraçar amb totes les seves forces. Pero no, hoy no es el momento de pensar en nada de todo eso, es diu jugant a fer salts a l'aigua, sinó que és moment de divertir-se. I aleshores veu la seva mare desimbolta, amb el cos gros i desinflat pels anys, i aquests ulls barreja de foc i d'aigua, i juguen a saltar, i es fan pessigolles, i ara la Jhanet fa una vertical com si fos una gimnasta. «¿Sabías que cuando tenía siete años aprendí a hacer la vertical, mamá?». Aleshores la Jhanet li ensenya a fer la vertical aguantant les cames ben rectes. I després la roda, i la tombarella, i la vertical pont. Aleshores se submergeix a l'aigua i es queda allà sota, aguantant-se la respiració una estona llarga. Al seu nou amagatall, sota capes i més capes d'aigua, veu el món difús, com si es tractés d'una freqüència de somni: una carretera d'asfalt, un tronc d'arbre alçant-se imponent, mig cartell anunciant unes sabates, la paret d'un edifici en ruïnes, la veu de mare que li parla i li diu:

—Jhanet, ¿volvemos a empezar aquí solas tú y yo, debajo del agua?

Natalka

—A veure com tenim la criatura...

Són al metge, en un CAP, la Natalka i la tieta, la remor de la ciutat, la doctora que mira la pantalla de l'ecògraf i:

—La criatura està perfectament bé —comenta en un anglès que la Natalka aconsegueix entendre.

La Natalka respira tranquil·la.

—Està bé?

—Sí, pel part no t'has de preocupar. I veig que no et queda gaire.

—Sí, però... —La Natalka es mossega el repeló de l'ungla esquerra fins a fer-se sang—. De veritat que la criatura està bé? A Ucraïna em van dir que tenia problemes cardíacs.

—I en té, Natalka, però això no afectarà el part. Quan la criatura neixi, al cap d'uns dies, un pediatre l'auscultarà i li farà un ecocardiograma per valorar la situació. A partir d'aquí ja et diran el tractament que cal seguir. Li hauran de fer un seguiment, això segur. I pot ser que tard o d'hora et plantegin una intervenció quirúrgica. Però això ja t'ho diran en el seu moment, tranquil·la; tot dependrà de com evolucioni la criatura.

—Però... No sé si ho acabo d'entendre... Jo em pensava... —La Natalka no encerta a trobar les paraules—. La criatura pot salvar-se?

—És clar que pot salvar-se. El diagnòstic és seriós, no et diré que no. Però no ens trobem davant d'un problema que no tingui solució. Hem de confiar que la criatura tindrà una bona evolució i podrà tirar endavant sense problemes.

—I aquesta operació que diu...

—Aquí tenim hospitals molt ben preparats per dur a terme aquest tipus d'intervencions. La majoria d'infants amb aquest tipus de problemes, després d'una intervenció quirúrgica, poden fer una vida completament normal. Si no hi ha complicacions, és clar. Però no ho acabo d'entendre... —diu la metgessa mirant-se-la amb incertesa—. Això no t'ho van explicar, a Ucraïna?

—No... —respon la Natalka creuant una mirada de complicitat amb la tieta.

—No et preocupis més del que et toca, ara. Primer el part. Després el tractament que caldrà seguir. A poc a poc, Natalka. Segur que tindràs una criatura preciosa.

Vida normal, operació de cor, la criatura se salvarà. Tantes i tantes informacions que li impacten al cervell i li generen noves preguntes. Quan li van explicar la situació a la clínica, a la granja de pollastres, semblava que els problemes cardíacs fossin la fi del món. «Els pares s'han retirat. No volen una criatura amb tara». I ella des de llavors ha somiat cors amb orificis i tubs plens de bilis i sang d'on sortien escarabats que li consumien els òrgans. I ara resulta que no és així. O no és tan així. «La criatura es pot salvar», li acaba de dir la metgessa. El diagnòstic és seriós, sí, però en cap cas parlem d'una criatura que hagi de morir. Una onada de lava se li instal·la a la gola i per uns moments la deixa immòbil i sense capacitat de respirar. L'Edgar i la Beth es van retirar perquè... perquè són uns insensats, uns egoistes, uns fills de puta, es diu a si mateixa plena de ràbia i d'indignació. Se'ls imagina fent skypes amb una nova partera i «Envia'm una foto cada setmana de la panxa, estimada Klara. Oh, estem tan contents que torni a ser una nena». Les paraules de l'amiga Svetlana li perforen de nou el cervell. «Aquestes criatures van a parar a un orfenat. Estan malaltes. Acaben soles. No les vol ningú. I el cert és que moltes d'elles acaben morint. Si no és que algú se n'apiada».

—Tens més preguntes, Natalka? —pregunta ara la doctora, mirant-se fixament la Natalka.

—No, gràcies.

—Doncs bona sort amb el part. T'apunto l'adreça d'un hospital de nivell III, especialistes en aquests casos. Fes-los aviat una trucada. Estic convençuda que tindràs una criatura preciosa. —I encara afegeix—: I que seràs una gran mare.

La Natalka i la tieta Kalyna caminen en estricte silenci. Cap d'elles diu res de la situació de la Natalka com a ventre de lloguer, ni dels dubtes existencials ara que sap que el part ja s'apropa, ni del fet que no comparteix cap mena de genètica amb la criatura, tot i que fa un temps que se n'ha començat a sentir la mare. La meva nena. No. No diuen res d'això perquè la Natalka ja està acostumada a mentir a tot arreu on va i a acceptar que darrerament ningú no l'entengui. «Seràs una gran mare», li acaba de dir la doctora. *Mare*. Una paraula que comença a comprendre que s'estén més enllà dels lligams biològics i que li sembla que té a veure senzillament amb l'estimació. L'estimació i el tacte.

Les dues dones continuen caminant en silenci sense atrevir-se a dir res. La tieta finalment trenca el gel per dir-li «Haurem de trucar a l'hospital». I més tard: «Ves pujant cap a casa, Natalka, si no et fa res, que jo passaré un moment abans per la plaça a comprar alguna cosa per sopar. Et va bé una crema de llenties? Va, que això t'aportarà proteïna. Què més et ve de gust per sopar avui, eh, bonica?».

La Natalka puja amb dificultat els enfilats graons del carrer Escudellers, que es fan cada vegada més interminables. La panxa li pesa, els turmells se li han inflat, el rostre comença a experimentar un canvi d'aspecte, com si algú l'estigués modelant amb fang per fer-ne una escultura de Natalka.

A casa, s'estira al sofà a veure la televisió, fatigada. Acomoda el cap als coixins i es frega un moment les cames. Busca el canal dels documentals i pensa per un instant en les amigues de la granja. Avui parlen de l'àguila reial que habita al continent americà. Es deixa endur per les imatges d'aus que emprenen el vol a tres-cents quilòmetres de distància i surten a caçar les preses. Qui pogués volar, fer-se seu el món, travessar els núvols, pensa la Natalka. Però la imatge d'una au, bec contra carn, devorant intestins i pàncrees per un instant comença a inquietar-la. Tot d'una, sona el timbre de casa. Sent una fiblada al cor. La tieta normalment porta claus de casa i li estranya que les hagi oblidades. Obre la porta i es queda paralitzada. Davant seu, el Vasyl, el seu marit, la mira amb ulls que són brasa viva.

—Què hi fas, aquí, Vasyl? —s'atreveix a dir amb un fil de veu.

El Vasyl entra cap dins i deixa la bossa de mà, pam, i provoca un impacte. La Natalka es toca el ventre en un instint de protecció animal i fa una passa enrere. Ara es mira el Vasyl —sisplau, torna, tieta, torna...— i els ulls se li aturen a la vena que se li marca al mig del coll i que ja comença a obtenir forma de protuberància.

—Ja n'hi ha prou, d'aquest numeret —li diu el Vasyl, expulsant-li un alè pudent—. Au, va, tornem cap a casa.

—No vull tornar a casa, Vasyl.

—Però, per què, Natalka?

—A casa... tu no em tractaves bé. Ja ho saps, Vasyl. No estàs bé, necessites ajuda.

Les conques oculars del Vasyl es converteixen ara en pous àrids.

—Què dius, Natalka? Què t'inventes ara?

—Em vas fer mal, Vasyl, recorda-ho. I estic embarassada.

La Natalka està a punt de posar-se a plorar, però no, no, no, decideix que avui no es deixarà vèncer. Es diu que per primera vegada en molt de temps no acotarà el cap, no callarà, no cedirà. Avui serà ella qui dirà l'última paraula.

—Carinyo, escolta'm —continua el Vasyl, canviant sorprenentment el to—. Potser tens raó que en algun moment em vaig passar una mica. Però va ser una equivocació. A més, tu em vas provocar i... Va, Natalka, oblidem tot el que ha passat fins ara i tornem cap a casa.

—Vull que te'n vagis ara mateix.

—Com? —La vena al coll vermella, ferotge, palpitant.

—Que vull que te'n vagis.

Aleshores el Vasyl —que no, que no, que no, Natalka— es deixa altre cop emportar per l'instint animal que el domina. Rostre amb color de sang calenta i...

—Ei, que no me'n penso anar sense que vinguis amb mi. Que ets la meva dona, encara no ho has entès, Natalka? I què és això de quedar-te tu sola els diners, eh? Au, dona-me'ls. On els has guardat? Dona-me'ls, ara!

La Natalka sap que les paraules es converteixen en preludi d'accions i, si no el controla, si no el calma, si no li dona la raó com ha fet tantes vegades, el Vasyl explotarà i... una cafetera a terra, una olla bullint, la cella arquejada, alè de vodka, un ull de vellut, i ella retorçant-se de dolor i «sisplau, Vasyl, sisplau, sisplau, no em facis mal, t'ho suplico».

Fa una altra passa enrere i es mira de reüll el mòbil que reposa sobre el marbre. No sap si demanar ajuda. Es pregunta quant de temps tardarà la tieta a arribar i poder salvar-la. També si pot escapar i anar a trucar a algun veí de l'escala. Però a qui?, es diu. Aquí no hi conec ningú. No conec ningú, en aquesta ciutat.

—No saps el que et dius, Natalka. —Li retorça amb força el braç—. Au, tornem cap a casa.

La Natalka fa un intent per desfer-se de les urpes felines del seu marit que li perforen el braç esquerre.

—Que no Vasyl, que no vull viure més amb tu. Això nostre s'ha acabat, em sents? —I repeteix amb contundència, mirant-lo fixament als ulls—: Per sempre. S'ha acabat. No em tornis a trucar mai més. I ara, sisplau, ves-te'n.

Les paraules *s'ha acabat* sonen com un plat estavellant-se contra el terra. Hi ha un silenci llarg, trencat tan sols pel so del clàxon d'un cotxe i la veu en off melosa del documental. Però el Vasyl, lluny d'atacar-la, lluny de reaccionar com tantes vegades, s'endú les mans al cap en un gest de desesperació absoluta. No crida, no s'exclama, no la fereix. La Natalka el contempla uns segons, entre expectant i temorosa, sense acabar d'entendre el que està passant. Es pregunta si deu ser una pausa, una el·lipsi, un parèntesi temporal abans de tornar a agafar forces i d'acabar rematant-la. El Vasyl s'apropa encara més a ella i —«Sisplau, Natalka, no m'ho facis, això»— trenca a plorar fent uns sanglots incontrolables.

Llàgrimes i més llàgrimes es barregen amb vodka i sal.

Enmig dels plors se sent la clau al pany i arriba la tieta carregada amb una bossa. L'escenari que es troba és esfereïdor. El Vasyl plorant, la Natalka arrambada al marbre; l'àguila reial a punt de devorar la seva presa.

—Què està passant? —pregunta la tieta amb les claus roents a la mà.

—Res, tieta, el Vasyl ja se n'anava. Oi que ja te'n vas, Vasyl? —pregunta, tremolosa, la Natalka.

Es crea un diàleg de mirades a tres bandes.

Aleshores l'home agafa la bossa i se'n va cap cot i arrossegant les cames. En el darrer moment, quan és al llindar de la porta, llança una darrera mirada de rancúnia a les dues dones.

Una última frase.

«Tu ets la meva dona».

I encara una altra:

«Que et donin pel sac, Natalka».

A la pantalla del televisor, l'àguila reial travessa el cel amb la intenció de capturar una nova presa. Es llança sobre una llebre, aterra sobre el llom i li clava les urpes ben afilades fins a travessar-li el cor.

Emma

Soc a l'habitació blava del Max, color de cala, color de cendra. Tal com em va recomanar l'Olívia, escullo uns quants objectes per fer un petit ritual i poder-me acomiadar del fill a la meva manera. Dins d'una capsa d'alumini hi fico el mòbil de peixos i estrelles, l'ecografia del nadó dels cinc mesos, la polsereta que em van donar a l'hospital, aquell escrit que vaig fer quan estava embarassada de quatre mesos i vaig saber per primer cop que seria un nen. «La capsa dels records alegres», diu la novel·la que publicaré aviat. Qui m'hauria dit que jo algun dia també acabaria configurant la meva pròpia capsa amb els records més tristos que hauria imaginat mai. Tristos? O potser no són tan tristos, sinó més aviat emocionants. Hi afegeixo un botó que se'm va trencar quan la panxa pressionava i jo vaig riure dient No em facis aquestes puntades de peu, estimat fill, que ja no sé quina roba posar-me. I els peücs que em va fer la mare perquè «algun dia a tu també t'ensenyaré a teixir, Emma, tingues una mica de paciència». Acarono cadascun dels objectes i els dic un adeu i fins sempre.

—Què fas, nena? —em diu ara la mare, que treu el cap per la porta. Sempre tan oportuna ella.

—Me'n vaig a passar el dia a la torre dels avis, mare.

—Ara? Amb aquest fred que fa?

L'observo uns segons i em fixo en el rostre de cera. Sembla cansada, la mare. Les bosses violàcies sota els ulls denoten anys de patiment, de mals a l'estómac, de llargs i elaborats silencis. També hi ha la tremolor del llavi, que des de fa un temps comença a preocupar-me. I els buits de memòria, que detecto subtils, però que cada dia se'm fan més i més visibles. «Ja m'ho vas dir, això de la feina, nena? Quina era la recepta de coca de poma? A quina hora m'has dit que tornaries avui?». En comptes d'enfadar-m'hi, la miro amb una barreja de tendresa i condescendència. La dona que em va parir, que va aguantar el dolor del part, l'alletament, les rebequeries, les festes d'aniversari, les crítiques i els desafiaments constants durant l'adolescència, ara s'està encongint i resulta que li han començat a créixer... cuetes de nena? Sí, la mare s'està fent gran i sento que avui soc jo qui me n'he de fer càrrec.

—Potser t'hauries d'anar plantejant tornar a casa —li dic en el to més amable de què soc capaç.

Veig que la notícia no li agrada. No li agrada gens.

—Vols dir, filla?

—Aquí estic bé, mare. I tard o d'hora he de tornar a fer la meva vida. Durant aquest temps m'has ajudat molt. Molt. M'has fet companyia. Però ara necessito tornar a viure sola.

—D'acord, filla, ja ho sé, ja, que gairebé sempre acostumo a fer nosa.

—No. No ho diguis, això, mare. Tu no fas nosa.

Em mira amb uns ulls perduts i plens de guspires.

—Mare, escolta, què et sembla si vens amb mi a la casa dels avis?

—Ara?

—Sí, hi podem anar juntes. M'agradaria molt que m'hi acompanyessis. Va, per què no hi anem?

Hores més tard, som al jardí de la casa familiar, allà on van morir els avis, allà on vam llençar les cendres del pare, allà on de petita vaig plantar un pi amb els meus germans —dits plens de terra, cucs i formigues— i on ara cavo un petit sot per enterrar-hi la capsa. Es tracta de la meva capsa dels records, o dels tresors, una mena de panteó que espero que aguanti el temps, i les ventades, i les èpoques de pluja, i el sol insolent, i els terratrèmols emocionals, perquè sento que necessito vincular-te a un espai físic concret, Max. Els llocs ens susciten els records, ens apropen encara més a les persones. Necessitem sentir-nos part d'un lloc, vincular els naixements, les defuncions, les històries d'amor i els comiats a llocs que ens semblen que posseeixen una energia pròpia. Una cala nocturna, un camp ple de mimoses, una muntanya amb un arbre majestuós, un bosc ple d'alzines i roures, una nit tèbia entre els arbres i la boira que puja del mar. Sigui com sigui, Max, avui he triat aquest lloc per vincular-te i poder-te recordar per sempre. Aquí, a aquest tros familiar dels avis, vaig prendre la decisió un dia de tenir un fill tota sola. I mira que tothom em deia que era una bogeria. «Què fas, filla? On vas a parar? Tu sola, Emma? Ja te'n sortiràs? Una mare sola?». Però ja vaig decidir tirar-ho endavant perquè res em feia més il·lusió que convertir-me un dia en mare.

Col·loco la capsa d'alumini amb tots els objectes escollits i cavo un sot per enterrar un record que perviurà per sempre. La mare em mira amb els dits tremolosos i intenta buscar una escletxa per on escolar-se. Aleshores trec l'escrit que he preparat i li dic si el vol llegir amb mi per acomiadar-lo. L'agafa amb els dits tremolosos i s'escura la gola.

Amb un fil de veu comença a llegir:

—Estimat Max, estimat fill... —La veu de la mare va agafant consistència—. No puc, Emma.

—Endavant, mare, ho estàs fent molt bé.

—No sé si puc continuar, filla.

—Que sí, mare...

—Aixxxx, és que això que has escrit és tan bonic, filla.

Hores més tard, totes dues estem agenollades davant del pi, en silenci, contemplant el jardí que durant anys ha estat testimoni de la nostra història.

—Saps què és el que més em dol?

La mare m'observa en silenci.

—Tinc molta por d'acabar oblidant-lo. No el vull oblidar, mare. La seva cara, els seus ulls... Sovint somnio que començo a oblidar-lo, que a poc a poc el seu rostre es va desfent fins a desaparèixer. I per això necessito que me'n parlis, que em preguntis, que deixis de fer veure que el meu fill no existeix...

La veu de la mare finalment sorgeix del silenci.

—Parla'm tant com vulguis del Max, filla. Explica'm com era. Explica'm com era el petit Max, bonica.

Jhanet

La Jhanet camina pel carrer amb uns pantalons de xandall desgastats i un xiclet fúcsia a la boca. Sap que d'aquí a una estona veurà el Juanca, i el Rafael, i tants altres nois i noies de la classe que li preguntaran per què ha desaparegut sobtadament de les seves vides. De la seva vida, poca gent en sap gaire res. Fins ara els ha mostrat façana, cuirassa, la Jhanet més forta i desafiadora que ningú, la Jhanet convertida en monòlit de sal. Escultura fèrria. No els ha dit res de l'embaràs sobtat ni del desig imminent d'avortar acompanyada de la mare. Aquesta tarda tenen hora per fer la intervenció i encara no acaba de fer-se'n a la idea. «Te ayudaré en todo lo que haga falta, Jhanet», li va dir la mare. I també: «Si quieres, podría ayudarte a cuidar al crío». Però no, no, no, ella té clar que pensa tirar endavant aquest avortament, una intervenció i prou, parèntesi llarg, i després continuarà endavant, fent la seva vida. Nunca, nunca, nunca pienso convertirme en madre, es diu reafirmant-se en els seus pensaments.

Intenta fer el cor fort i pensar en el futur, qui sap si aquí a Espanya o a Bolívia. «Les notes han millorat molt», va dir-li el tutor dels pantalons ben arrapats al cos. «Anem en el bon camí. Si necessiteu res soc aquí pel que us calgui». Potser amb una mica de sort acabarà de treure's el que li queda del curs amb les millors notes possibles. Vol creure's que hi ha un futur per a ella en aquest món, unes expectatives possibles. Potser podrà estudiar, qui sap si fins i tot una carrera, o potser haurà d'ajudar la mare i buscar-se una feina per començar a portar alguns diners a casa.

El so del telèfon s'entrellaça amb els seus pensaments. Veu que es tracta de la mare.

Mamá.

—Hola... ¿Eli?

—Jhanet, mi hija. Te quiero contar algo.

—Dime...

—Me han dado un trabajo. Lo acabo de conseguir. Estoy muy pero que muy contenta.

La Jhanet pregunta de què es tracta i un silenci breu, brevíssim, s'instal·la a l'altra banda de l'auricular.

—Es... —la mare balbuceja—. Me han contratado como señora de la limpieza en un colegio. Bueno, no es el mejor trabajo del mundo, pero es un trabajo, ¿verdad?

L'eufemisme *senyora de fer feines* li desperta les pitjors reaccions, les més ferotges. El seu cap projecta una mare asseguda de genolls a terra fregant vàters i traient-ne la merda incrustada. Caques, coàguls de regla, diarrees, pixums, vòmits. L'Eli netejant amb desfici perquè «los señores» ho volen tot ben net i «en este mundo no hay motivo para quejarse, hija».

—Me alegro por ti, mamá —li respon finalment, no volent encetar una nova polèmica.

L'Eli li diu que ja es veuran i que si li sembla bé poden quedar aquesta tarda, deu minuts abans, a la porta de la clínica. La Jhanet està a punt de penjar quan l'Eli de nou pren la paraula.

—Jhanet, hija —afegeix abans de penjar.

—Dime.

—Sabes... sabes que te amo, ¿verdad? Te quiero mucho, mi hija. Y todo esto que ha pasado... lo superaremos juntas, ¿me oyes? Lo superaremos juntas.

Tot d'una, sent que els pulmons se li eixamplen i que el seu cos comença a respirar a glops petits. «Te amo», acaba de dir la mare. «Te quiero» i «lo superaremos juntas», encara ha afegit. La dona que mai no es desviu en paraules, tancada sempre dins la closca de caragol, amb aquella postura de sotmetiment de classe, per fi ha verbalitzat el que la Jhanet volia sentir. La filla està a punt de dir-li un «Yo también te quiero, mamá», aunque sea solo un poquito. «Creo que quiero quedarme a vivir un tiempo más contigo», però els sentiments contradictoris l'obliguen a callar. No expressar, no dir, no ser capaç de formular un «yo también te quiero, mamá». Així que... «hasta ahora, mamá. Ya nos veremos, ¿sí? Voy para casa. Y felicidades por eso del trabajo. Ya me lo acabarás de contar».

Torna a desar el mòbil i camina una estona més sota un tel de boira espessa. La imatge de la mare fregant caques i coàguls de regla l'emprenya i la fa bullir per dins. I pensar que quan va arribar aquí, a Espanya, esperava trobar-se una dona rica, poderosa, amb collarets de perles i abrics llargs que els enviava diners cada mes perquè visquessin totes dues més tranquil·les. No, el que s'ha trobat aquí ha estat una realitat crua i decebedora. Una mare amb gepa i closca de caragol, que per força ha fet la seva vida. «Mis niños y los señores no quieren que los molesten, Jhanet». Però tot i així, tot i els errors constants, la mare finalment ha estat aquí, banyant-se al mar amb ella, acompanyant-la a l'institut, duent-la de bracet a la clínica per concertar l'avortament, sorprenent-la amb mots intel·ligibles com ara que «Te quiero, Jhan. Esto lo superaremos juntas, ¿me oyes? Esto lo superaremos juntas».

Està a punt d'arribar a una parada de metro quan es fixa en una dona embarassada que camina a passos lleugers. Des que ha decidit avortar que no para de veure dones embarassades per tot arreu, com si es tractés d'una mena de plaga. Es pregunta quin aspecte devia tenir la mare quan també estava embarassada. Un pensament l'assetja: «Yo también estoy embarazada como esa mujer, exactamente igual». I immediatament: «No, no, no. Pero yo abortaré, pronto me libraré de esto. Un hijo siempre se debe desear». Els seus ulls es fixen una altra vegada en la noia que ara s'atura a mirar una botiga d'articles de bebè mentre s'acarona la panxa. Tot d'una, alguna cosa li crida l'atenció. Una ombra, un home que sembla sortit del no-res, s'apropa corrents a la dona amb el rostre trencat i esquitxat de dolor. En qüestió de segons l'home s'abraona damunt la dona —¿Qué hace? ¿La ataca?— i li clava un ganivet, i ella cau a terra recargolant-se de dolor. Se senten crits i els transeünts que passen pel voltant observen atònits l'escena. Un munt de gent corre a veure què passa. La dona que ha vist fa un moment —vint i pocs anys, panxa ovalada, rostre ingràvid— és a terra panteixant mentre se subjecta com pot el ventre. Té una ferida a la panxa d'on li comença a rajar molta sang. Per uns moments la Jhanet no sap què fer ni com comportar-se. Mira al seu voltant volent demanar ajuda. Se sent insegura, desconcertada, incapaç d'actuar ni de fer res que tingui un mínim de sentit. Al voltant tothom comença a fer trucades, avisen del que ha passat, contacten amb una ambulància —«Aquí hi ha una dona ferida, poden venir urgentment?»— mentre cada cop més i més gent encercla el cos de la dona. «Tranquil·la, tot anirà bé», li diuen. «Hem avisat una ambulància». I es pregunten: «I l'home?». «On és?». «Se n'ha anat corrents!». «¡Llevaba un cuchillo! Yo lo he visto. Le ha dado una cuchillada».

La Jhanet es fixa en la dona que s'endú les mans al ventre i formula un crit desesperat de dolor. S'està morint, pensa. O potser no. Potser qui s'està morint és la pobra criatura que porta al ventre. Mai ha vist la mort de prop més enllà del dia que li van comunicar la notícia de la mort de l'avi. La seva mare no hi era, com sempre, i es va tancar a l'habitació amb música a tot drap i el desig constant d'evaporar-se. En aquells moments no va saber com reaccionar, com li ha passat tantes i tantes vegades. Els sentiments no formen part del seu jo, no els entén, no sap com processar-los. Així que ara... ¡Haz algo, Jhanet!, s'exigeix a si mateixa. I si truca a la mare? No, no, es diu per dintre seu. Haz el favor de pensar un poco. ¡Haz algo útil!

La Jhanet s'apropa amb precaució a la dona i intenta fer-se un lloc ben a prop d'ella. La dona és estesa a terra, un toll de sang espessa, el ventre palpitant, els ulls que es comencen a fondre. Més enllà del seu cos, una bola de gelat de llimona, un bitllet d'autobús i un ganivet ple de sang es converteixen en objectes testimonials de l'escena. Un home de mitjana edat s'apropa a la dona i li agafa el canell —«Té pols, no deixeu de parlar-li, està embarassada de molts mesos»— mentre la tranquil·litza dient-li que «aviat, ben aviat, no pateixis, bonica, aviat arribarà una ambulància».

La dona mira al voltant amb les conques oculars buides. Té la cara llisa, reposada, amb un punt d'ingravidesa al rostre. Un fil de sang tenyeix les rajoles i li encercla el cos, que es va fent petit fins a desaparèixer. Respira a poc a poc, obre i tanca els ulls, vol dir alguna cosa... Aleshores la Jhanet s'hi apropa —tímidament, l'estómac li crema— i li intenta parlar amb un fil de veu.

—Tranquila, ahorita llegará una ambulancia.

La dona la mira i fa l'esforç de parlar-li.

—My baby...

—Tranquila, seguro que estará bien.

—My baby, come on...

Aleshores la Jhanet s'hi apropa i la dona embarassada balbuceja amb dificultat un nom.

Tan sols un nom:

(...)

Un nom que la Jhanet encara no encerta a comprendre.

Natalka

Una llitera avança per un passadís del que podria semblar un hospital. La Natalka obre l'ull dret i veu un fluorescent en línia intermitent i discontínua. Al seu voltant, metges i infermeres corren atrafegats mentre li subjecten el braç, li acaricien lleument els cabells, «Quiròfan 301, hem d'aturar l'hemorràgia!», i esbossen paraules que no acaba de comprendre. Intenta obrir la boca per dir alguna cosa, però els músculs del cos l'han deixat d'obeir. Sent una fiblada d'escorpí a l'esquena. Verí letal. Incorpora lleugerament el cap i es veu tota ensangonada, ventre i part de les cames, i un fil de sang com una serpentina desfilant-li fins al turmell dret. Aleshores recorda el que ha passat al carrer fa uns minuts —segons, hores?— quan s'estava prenent un gelat de camí cap a casa la tieta. Caminava distreta mirant aparadors de roba de bebè, peücs i cotxets, bodis i pijames, quan de sobte ha sentit una fiblada a l'esquena. El cel s'ha enfosquit i una sensació de desconcert, de desconcert i frisança, s'ha apoderat del seu cos. Ha perdut el món de vista i tot d'una ha viatjat fins a un paratge remot de la infantesa. Aleshores ha alçat el cap i ha vist els ulls rogencs del Vasyl que la miraven amb foc i menyspreu. No ha pogut cridar ni articular cap paraula. Sisplau, ajudeu-me. I tot d'una aquella sensació de glaç travessant-li l'estómac, i esquinçant-la, i devorant-la per dins, fins a convertir-la en petits fragments de Natalka. «Ho pagaràs car, Natalka». I després: «Per què m'has obligat a fer això, Natalka, eh? Per què?».

(El cap se li omple de boira, pols, clàxons de cotxes de Kíev i riures histriònics de les amigues de la granja. Es troba en un espai inert. «Natalka, estàs bé?». Sent una veu que la crida. «Et dius Natalka, oi? Mira'm, mira'm i no t'adormis, d'acord? És important que estiguis desperta. Porteu-la a quiròfan, ràpid».)

L'entren a una habitació diàfana i traslladen el seu cos, «un dos, tres!», cap a una nova llitera. Sent que arrossega la meitat del seu cos i que l'altra meitat es desfà a l'altre llit com si fos plastilina. Al voltant, parets blanques, instrumental mèdic i un silenci esfereïdor es converteixen en protagonistes irrefutables de l'escena. Tot fa olor de net, de lleixiu, d'asèptic. Metges i infermeres es mouen atrafegats, en moviments coordinats, centrant-se cadascú en la seva feina. Ara un metge la comença a palpar com qui neteja el peix i es dedica a extreure-li les vísceres. Una coïssor insuportable al ventre li fa pensar en la criatura que du a dins. Se n'havia oblidat. El dolor, l'abatiment, les corredisses, el malestar hipnòtic li han fet oblidar per uns instants que du una criatura al ventre que se sent seva.

Seva.

Perquè fa temps que ho ha decidit.

Ella, i només ella, en serà la mare.

—Està de gairebé vuit mesos —diu ara una veu.

—Li practicarem una cesària —anuncia el doctor, amb un rostre volgudament marcat per la tensió—. Hem de salvar la criatura. Després ens ocuparem d'ella. —I dirigint-se a una infermera amb el rostre angoixat, encara afegeix—: Atureu-li l'hemorràgia. No ens podem permetre que perdi tanta sang.

En contrapicat, com si es tractés d'un pla seqüència d'una pel·lícula que no encerta a comprendre, és capaç de percebre el doctor de pell de lliri que la mira amb un rostre que fa feredat, la infermera que no para de moure's i ara... aiiix, ara li injecta una via, l'anestesista amb ulleres de cul de got que entra i l'informa:

—Ara et sedarem una mica, Natalka. Tot anirà bé, m'entens? Tranquil·la.

El seu cos viatja per rutes incertes. Transita en un estat de vigília. Els sostres s'esfondren, les parets s'esquerden, els rostres es tornen difusos i s'entrellacen els uns amb els altres creant noves fronteres. Nivells d'oxigen de la criatura? Ritme cardíac? Tensió arterial? Veus i més veus es confonen amb les de la mare, la tieta Kalyna i les amigues de la granja. I ella intenta mantenir-se en tot moment desperta, mentre pensa en ella, i en la seva nena, la criatura que du al ventre i per la qual sent que ha de lluitar. «No podem perdre la criatura». I no, no, no, la meva criatura, no. Salveu-me la criatura, sisplau!, pensa.

(Pols. Una dona arrossegant una maleta pels carrers bruts i polsegosos de Kíev. Els carrers es converteixen en rajoles modernistes, amb gomes de cabells, cèntims i llaunes de cervesa. La vida passa a càmera lenta i avança en un sentit invers. De cop arriba a la granja de pollastres, on hi ha les amigues esperant-la a la sala on veuen els documentals. Elefants africans, àguiles reials, plagues de formigues, dragons de Komodo. «On t'havies ficat, Natalka?», diu una veu que li sembla de l'amiga Svetlana. «Vine, vine a seure una estona amb nosaltres. Vine amb nosaltres i estigues tranquil·la, Natalka, que nosaltres et cuidarem. On t'havies ficat durant tot aquest temps, eh, Natalka?».)

—Ara et farem una petita incisió per treure't la criatura —li diu el doctor, anant per feina i sense ni tan sols mirar-la a la cara—. Una cesària.

—My baby... is ok? —escup per fi la Natalka, amb els ulls i els pòmuls marcats per la tensió.

—Sí, sí... Tu tranquil·la. Un cop acabem amb ella, de seguida ens ocuparem de tu.

I encara més tard:

—Ho estàs fent molt bé, Natalka. Ho estàs fent molt bé. Ho estàs fent molt bé. Ho estàs fent molt bé. Ho estàs fent molt bé. Ho estàs fent molt bé. Ho estàs fent molt bé, Natalka.

En pensar en la seva criatura comença a sentir una bola d'angoixa al pit. S'ha de concentrar a respirar, a subjectar aquest cos partit en dues meitats, a lluitar i lluitar com ha fet sempre. La mare li deia que era una noia fràgil i que «tu tota sola no te'n sortiràs, Natalka». Però ara sap que la mare s'equivocava, com tantes i tantes persones que des de sempre l'han menystingut. Té més fortalesa que ningú, per molt que li diguin el contrari, i si cal aguantarà per ella, respirarà per ella, sobreviurà per ella... perquè encara que ningú no ho entengui, aquesta criatura ja forma part del seu jo. L'ha sentit créixer, moure's, jugar, navegar entre somnis, riure i plorar dins del seu ventre. Un ventre de lloguer. «La criatura no és teva. Genèticament no és teva. Tu no hi tens res a veure, Natalka. Recorda que no hi tens res a veure. Tu no miris. Tu no miris. Tu no miris». Però és meva, meva, meva, es diu una vegada i una altra. I lluitaré per ella encara que sigui la darrera cosa que faci en aquest món.

—Please, the baby... —encara és capaç de balbucejar, mentre s'aferra a la mà blanca d'un metge.

—Sí, tranquil·la... Tu estigues tranquil·la, Natalka.

(Avança per un camí fonedís entre prats verds, gats que s'escolen per les cantonades i jardins decrèpits amb tanques de ferro rovellades. La petita Natalka obre la porta de casa i retorna a la seva infantesa. Tota ella s'encongeix, es fa petita, genolls pelats, trenes fetes per la mare, veueta infantil que cerca les paraules i... «Hola? Hi ha algú, aquí dins? Oh, ja has tornat, petita Natalka», li diu la mare amb un somriure amable. «Vine aquí i fes-me un petó. Vine aquí i fes-me un petó, bonica».)

La Natalka inspira amb força, tal com li van ensenyar a fer a la granja de pollastres. Inspira, expira, inspira. Però en aquest cas tots aquests consells que va aprendre no li serveixen per a res. Res no és com s'havia imaginat. Ni hi ha part vaginal, ni pot fer cas dels consells de les amigues —«Sobretot no miris, Natalka»—, ni l'Edgar i la Beth ara són al seu costat com a pares que havien contractat els seus serveis. És lluny de tot i de tothom. Sola, lluny de Kíev, de la seva terra, del Vasyl que l'ha maltractada, lluny de la tieta que no la comprèn, de les germanes que no en saben res, de les amigues que en cap moment no van entendre la decisió que prenia. «Ventre subrogat. La millor clínica i les millors condicions», deia l'anunci que va veure un dia per internet. I no, mai no s'hauria imaginat que hi ha embarassos que no són òptims, i que hi ha parelles que compren un bebè i que després es poden fer enrere, i criatures que queden desemparades i arriba un moment que per la raó que sigui ja no les vol ningú. «Putos rics i classistes de merda», va dir un dia la Svtelana, amb el so d'un documental de búfals i rinoceronts de fons. Aquestes criatures que no vol ningú estan malaltes, acaben passant d'orfenat en orfenat. I les pobres acaben morint. Si no és que algú se n'apiada. La Natalka intenta inspirar fort i nodrir-se de tota la força possible. Sigues més valenta que jo, petita. T'estimaré i et cuidaré. Però tu sobretot viu, em sents? Viu, viu, viu...

(Xarrup de piruleta amb llavis pintats de vermell. Ha après a parlar. Ara camina, salta, corre. La mare i les germanes proposen sortir al bosc a jugar al joc dels tresors, com acostumaven a fer de petites. «Primer ens haurem d'amagar. Jo pararé», diu una de les germanes. «Us amagueu i la darrera que trobi serà la que guanya, d'acord? Preparades? Preparades, llestes, ja!».)

Sent que el cos se li parteix i sagna, i cou, i s'exclama, i xiscla, i es fa miques, i vomita, i crea vida quan en el fons se sent morta i podrida per dins. Imatges i pensaments li emboiren el cap. Persiana abaixada, un documental d'elefants de la sabana africana, la mà del Vasyl colpejant-la, galta enfonsada al coixí, maduixes de la granja de pollastres, peücs de llana embolicats amb un llaç blau, puntades de peu del bebè, ecografies vaginals, plat de maduixes amb nata. I també: «La criatura no és teva, Natalka» (les amigues), «Hauries de tornar amb el teu marit» (la tieta), «Aquí hi ha hospitals ben preparats» (la metgessa), «Tu aguanta i de seguida et traurem la criatura» (els metges). Mira l'esquerda de la paret i sent que s'hi voldria amagar durant una estona llarga. Ella, tota sola, al marge del món. Com quan jugaven a fet i amagar amb les germanes, al bosc, i ella trobava sempre els amagatalls perfectes. Corre a través de les edats de la Natalka —deu, sis, quatre anys— i travessa un bosc espès que es converteix en el reducte de la seva infantesa. Es fa petita, encara més petita, diminuta com una formiga dels documentals que veia amb les amigues de la granja. Corre i corre i corre per no ser descoberta. Primer amagatall: la tanca verda. Segon amagatall: el toll de ginesta. Tercer amagatall: el roure gros on amagava els tresors. Quart amagatall... quin és el quart amagatall, Natalka?

Es crea un silenci i:

—Natalka? Estàs bé?

(...)

—La criatura ja és aquí, bonica —diu una veu.

La Natalka obre els ulls amb dificultat i fa l'esforç d'incorporar-se. Sent un plor ínfim, delicat, un fil de veu.

Jo... jo la voldria veure.

Emma

Dijous. Fred a les sabates. Surto de la trobada a l'hospital amb la sensació —qui sap si incerta— que potser no hi tornaré mai més. M'acomiado de la jove Olívia i li agraeixo que aquest temps —setmanes, mesos, parèntesis temporals— m'hagi permès expressar-me i comunicar els meus sentiments. Avanço pel passadís llarg deixant enrere un grupet de mares que —«Fins aviat, Emma! Vols que et porti en cotxe?»— s'abracen i es donen els últims consells. Sònia, Marta, Clara, Marga. Són elles, les mares. Dones que suporten embarassos, fills, pèrdues, que lluiten per tirar endavant, per sobreviure, per protegir els seus fills i mantenir-ne el record, encara que no hagin arribat ni tan sols a néixer. Són les amazones dels temps actuals, mares monstruoses en potència, dones a qui s'ha vetat el dret a ser considerades mares, malgrat haver engendrat, parit, plorat en silenci, sense que ningú les hagi encertat a comprendre. Són dones com qualsevol altra. No mares. Dones anònimes com jo —jo soc una d'elles?— que viuen als marges del món, protagonitzant sempre papers secundaris. Cadascuna porta un nadó enganxat a la matriu que viu i perviurà per sempre. Però si les mires ben endins, més enllà de les ninetes, si et capbusses a les seves conques oculars i travesses pous, rius, terrenys pantanosos, hi podràs veure restes d'amor, de tendresa i d'absència, de tantes i tantes històries per explicar encara.

Avanço cap a l'ascensor amb la sensació de deixar enrere una etapa llarga i plena d'incerteses. Penso en manuscrits, reunions, qui sap si en una propera trobada amb el David. Tinc ganes de tornar-lo a veure? Mil pensaments em creuen pel cap i juguen a difuminar-se i a crear noves fronteres. La vida és tot el que vivim i que ens va configurant com a persones, penso. La vida és la suma de totes les nostres històries. I no, no, no, no deixo de pensar que el que m'ha passat a mi és... és una gran putada, Emma!

Espero l'ascensor i em fixo en una infermera que em passa pel costat i avança decidida amb un nadó acabat de néixer en braços. Deixa rere seu un rastre de dolor, una aroma, una sensació que m'embriaga i m'atreu irremeiablement cap a ella. Intento treure'm la imatge del cap, però no puc, no puc, no puc, la imatge de la dona amb el nadó, el nadó acabat de néixer, se m'instal·la al cervell i em perfora. Pico el botó de baixada i... «Entres?», em diu una veu. Aleshores una mena de força, una dinàmica desconeguda, un estat d'ànim que s'apodera de mi, m'empeny a girar cua. Segueixo les passes de la infermera amb el cor desbocat i les temples cremant-me d'incertesa. Tinc ganes de fumar però no ho faig. Tinc ganes de cridar però no ho faig. Tinc ganes de preguntar però no ho faig. Què fa? On va? Per què aquest nadó no és amb la seva mare? Arribo a la sala on practiquen el pell amb pell, on veig la infermera que col·loca el bebè sota un focus d'escalfor incerta. Ho fa amb delicadesa, ara una cama, ara un bracet, així, ben despulladet, o despulladeta, perquè és una nena, oi que ets una nena preciosa, tu, bonica? Dubitativa, trec el cap per la porta i formulo un tímid «Puc passar?» que trenca la uniformitat de l'escena. La infermera em mira un instant i continua fent la seva tasca, atenta a qualsevol moviment, per petit que sigui, de la criatura que tot just fa uns minuts que acaba de néixer. Torno a insistir per si la dona no m'ha sentit prou bé.

—El bebè està bé?

—Sí.

—I la mare?

Uns segons suspesos a l'aire i:

—Ningú no se'n pot fer càrrec, ara.

Em quedo en estat de xoc, sense saber gaire bé com reaccionar davant d'aquesta frase.

—Perdona... Puc...? —Em brollen les paraules—. Tan sols si és possible, eh? Puc apropar-me la petita al pit? Podria agafar-la?

La infermera m'escaneja amb la mirada preguntant-se si soc una candidata apta. Acaba formulant un «Sí, li anirà bé sentir l'escalfor d'una mare», i a continuació m'assenyala una butaca. De fons, una llum tènue projecta a l'ambient un cert caliu, reducte enmig de l'hospital, sensació de confort, un petit espai on poder deixar fluir les emocions, gaudint del contacte pell amb pell, les carícies i les olors, durant aquells primers instants de vida.

—Tu posa't còmoda —em diu la infermera, que ara deixa entreveure un somriure sincer—. És important que estiguis relaxada. Jo em quedaré aquí, al teu costat, d'acord? Ho has fet alguna vegada?

M'assec a la butaca i faig una inspiració profunda. Em descordo lleugerament la camisa, tres botons, quatre, un fil penjant, i deixo entreveure els meus pits de no mare. La infermera m'ofereix el nadó, que agafo amb tota la delicadesa possible. Sento el pes d'un cos viu, l'escalfor de la pell, el tacte suau de les mans, i... Ai, petita, mira que ets bonica.

—Te la poses al pit? Espera't, abaixa't més els sostenidors. Així, així. Relaxa't una mica. Ho estàs fent molt bé. Així, suaument, que s'acostumi al teu tacte.

Acaricio els cabells de la criatura deixant-me endur per una emoció incerta. La criatura es remou, estira una cama, tota ella palpita. Aleshores, al llindar de la porta, més enllà del colze de la infermera, veig una noia de pell bruna que treu el cap tímidament per la porta. Se'ns queda mirant una estona i s'apropa a parlar amb nosaltres.

—Perdonad... la niña... —la veu li tremola com una fulla—, ¿es de la mujer embarazada a la que han atacado en la calle?

Em poso en estat d'alerta.

—Sí —respon la infermera assentint tristament amb el cap.

—¿La niña está bien entonces?

—Sí, afortunadament ella sí. La mare no ha tingut tanta sort —respon la infermera—. Acaba de morir ara mateix, a quiròfan.

Em quedo sense alè i veig que la noia, la noia de pell bruna, ofega un crit d'angoixa. A continuació es recompon i fa una altra passa endavant, observant de reüll en tot moment la criatura.

—La niña... —ens diu tot mirant-se la criatura des de la distància—. La niña se llama Natalka. Me lo ha dicho su madre cuando la han atacado en la calle. Me ha dicho ese nombre. Me parece que era ese el nombre: Natalka.

—Vaja, com el de la seva mare —afegeix la infermera.

Em miro la criatura, que ara esclata en un plor incontrolat, com si en certa manera sabés, intuís, que estem parlant d'ella. La intento consolar com puc i me l'apropo al pit per intentar calmar-la.

—I d'on deu venir, aquest nom? —em pregunto sense esperar resposta—. És un nom molt bonic: Natalka. Has dit Natalka, oi? Natalka...

(Ella, la Jhanet. La noia que busca l'olor de la mare, que l'ha estat buscant durant mesos, anys, qui sap si fins i tot abans de néixer, tot d'una recorda la tarda al gronxador blau, el pastís de xocolata, els petons que es va emportar el vent i que encara li cremen als llavis. Aleshores, veient la criatura sostinguda per una dona en braços es capbussa en un somni on l'espera la mare. Puja a collibè i, ara sí, sent l'olor de la mare. Sorra i llençols, sabó i canyella, absència i calma. Imaginar-se la mare sostenint-la a ella, en braços, li fa pensar en la criatura estimada que potser va ser algun dia. I s'imagina la mare omplint-la de petons, de pessigolles i carícies, de paraules sinceres que resten amagades en algun racó llunyà de la seva memòria. I ella?, es pregunta. Algún día, en un futuro, ¿yo también querré ser madre?)

La jove de pell bruna desapareix pel llindar de la porta i s'evapora com ho fan els somnis. Em pregunto d'on deu haver sortit, cap a on deu haver anat, si ha estat real o fruit de la meva imaginació ferotge. Em torno a concentrar en la criatura que tinc als braços i que sento que ara em reclama. Som l'ara i aquí, penso. Som vida i som mort. Som dolors i silencis. Mares que moren i criatures que també moren abans d'hora. Quina putada. Això no és el que em van vendre quan un dia vaig quedar-me embarassada i tothom em deia «Felicitats, Emma. Oh, quin moment més bonic. Veuràs que és el més meravellós que et pot passar a la vida».

I després: «Això els passa a moltes dones, Emma. És més normal del que sembla. Ho podràs tornar a intentar. En tindràs un altre». O bé: «Comparteix amb nosaltres la teva tristesa, Emma. Deixa't anar, expressa't. Les paraules de la jove Olívia creen arrels dintre meu des d'on puc subjectar-me. Parlar, expressar, compartir, deixar anar, aprendre a acomiadar-se...».

Observo la criatura que tinc al pit i que a poc a poc comença a calmar-se. Li acaricio el cap en forma d'ou, les manetes fràgils, el somriure dolç, els dits de color violeta.

I sense voler, acariciant la galta d'una criatura anònima, acariciant la galta d'una criatura que per força deu estar lligada a alguna història, penso que t'estimo i t'estimaré sempre, Max, passin els anys o no passin, tingui més fills o no en tingui, hagi estat capaç de recordar el teu rostre o no... Perquè si alguna cosa sé del cert és que tu ets el meu fill estimat i que perviuràs en mi per sempre: cabells rinxolats, ulls en forma d'ametlla, clotet a la barbeta i aquelles manetes que vaig subjectar amb força i de les qual mai, mai, mai seré capaç de deslligar-me.

Aleshores el món es fa clar, com un llac de muntanya.

Una llàgrima,
dues,
tres.
(Per fi.)
I tota jo em desfaig en aigua.

FI